СИБ中

Roman

Christian Günther

Christian Günther

СИБ中

Roman

Bibliografische Information der Deutschen
Nationalbibliothek:
Die Deutsche Nationalbibliothek verzeichnet diese
Publikation in der Deutschen Nationalbibliografie;
detaillierte bibliografische Daten sind im Internet über
http://dnb.dnb.de abrufbar.

Herstellung und Verlag: BoD – Books on Demand,
Norderstedt

ISBN: 978-3-7448-3339-4

Um mich der Wald. Ich stapfte durch den Schnee, schaute in den milchiggrauen Himmel, bald schon würde es dunkel werden. Die Energie der Grütze, die der Onkel und ich am Morgen gegessen hatten, war aufgebraucht, ich hatte Hunger. Der Schnee war verharscht, bei jedem Schritt brach ich durch die harte Oberfläche, die Tiere hörten mich schon aus Hunderten von Metern. Ich musste etwas nach Hause bringen, der Onkel lag seit einer Woche mit Grippe im Bett. Eine Suppe mit Rebhuhn, das wäre das Beste. Über mir hörte ich Lesja krächzen und schaute zwischen den verkümmerten Kiefern hinauf. Ihr leichter schwarzer Körper mit den gefransten Flügeln segelte im Wind. Wollte sie mir etwas zeigen? Seit einem Jahr begleitete sie mich auf meinen Wegen. Setzte sich manchmal auf meine Schulter. Ihre glänzend schwarzen Augen in all der Schwärze - „Otschi tschornie", sang ich leise. Ich folgte ihr, sah sie elegant über die schütteren Baumwipfel hinwegfliegen und ihre Schwingen sahen aus wie Hände, die mit ihren großen Fingern in die Luft griffen. Der schneidende Wind machte ihr nichts aus, sehr kalt war es sowieso nicht. ‚Früher war's viel kälter", sagte der Onkel dauernd, „aber die verdammte Feuchte, die zieht mir in die Knochen." Er liebte es, sich zu wiederholen, vielleicht weil er möglichst viel sprechen wollte, er hatte ja sonst niemanden.

Ich sah eine Luchsspur, überquerte einen zugefrorenen Bach, sah durchs Eis das moosbraune Wasser strömen, hörte es glucksen. Danach wurde der Untergrund felsiger, große Schneeverwehungen bildeten schwere Überhänge, die so aussahen, als rutschten sie gleich auf mich herab. Tierspuren waren nicht zu sehen und ich fragte mich gerade, was das Ganze hier sollte, als ich ein Geräusch hörte. Etwa hundert Meter entfernt stieg hinter dichten Sträuchern Atemdampf auf. Und dann sah ich den großen Kopf eines Elchs, das wuchtige Geweih. Er zupfte erstarrte Blätter ab, seine Lippen hatten keine Schwierigkeiten mit den dornigen Zweigen. Ich war zu weit weg und näherte mich, indem ich über die Flanke eines großen Felsblocks kletterte. Ich roch den süßlichen pferdigen Duft, der von ihm zu mir herüberwehte, und nahm mein Gewehr vom Rücken. Als ich die Sträucher endlich ins Visier nehmen konnte, stiegen dort aber keine Wolken mehr auf. Der Elch war fort. Lesja krächzte über mir in einem toten Baum. Sie legte den Kopf schief und schaute mich an. Ich meinte, ein Lächeln um ihren miesmuschelfarbenen Schnabel spielen zu sehen. Einbildung natürlich. Aber sie war sehr schlau. Vielleicht hätte ich ihn sowieso nicht getroffen. Ich war kein guter Jäger und jagte nicht gern. Jetzt fiel mir ein, dass ich vielleicht noch ein paar Rubel in einer meiner Taschen hatte. Ich wühlte etwas und fand tatsächlich ein paar Scheine. Daran hätte ich vorher denken sollen. Vielleicht gab es dafür etwas im Dorf.

Ich kletterte unter Felsvorsprüngen entlang, als mich plötzlich ein Schneebrett unter sich begrub. Mühsam befreite ich mich. Schnee war in meinen Mantel und in meine Filzstiefel eingedrungen, jetzt wurde mir doch richtig kalt. In einer halben Stunde etwa konnte ich im Dorf sein. Von dort würde es noch eine Stunde bis zu unserer Hütte dauern, in der der Onkel vor sich hin hustete und Tee schlürfte. Fröstelnd ging ich auf der anderen Seite des Felsens entlang, hielt mich nah am Fels, weil der Wind stärker geworden war. Ich machte einen Schritt nach vorn auf eine Schneeverwehung, fiel plötzlich, landete hart auf dem Boden. Gekrümmt blieb ich liegen. Schräg von oben drang ein wenig Licht in die Höhle. Doch während ich meinen schmerzenden Hintern betastete, ergriff mich Panik, denn ich roch den Gestank eines Raubtiers. In einem Winkel sah ich einen ungeheuren Fellklumpen, sprang auf: ein Bär im Winterschlaf. Schnell kletterte ich aus der Höhle hinaus, wollte wegrennen, da fiel mir ein, dass ein Bär essbar war. Und dieser Bär war nicht aufgewacht. Ich näherte mich dem Loch und starrte ins Dunkel. Zusammengerollt lag er da. Ich musste den Kopf treffen, zielte auf ihn, hörte sein langsames Atmen. Mit einem Mal aber wurde mir klar, dass ich es nicht tun würde. Auf etwas Schlafendes konnte ich nicht schießen. Also sprang ich vom Felsen, schnallte die Schneeschuhe an, lief los und zog erleichtert die frische, kalte Luft durch meine schmerzende Nase tief in meine Lungen.

Als ich im Dorf ankam, dämmerte es. Außer Atem stapfte ich zwischen den wenigen Holzhäusern hindurch. Gerade wurden ein paar Petroleumlampen in den Häusern angezündet, draußen war niemand. Auf der Veranda der Bulatovs hingen ein paar gefrorene Fische. Ich klopfte und Polja öffnete. Wir kannten uns seit der kurzen Zeit, die ich auf die Dorfschule gegangen war, und hatten letzten Sommer sogar mal zusammen Beeren gepflückt. Ich sah es Polja an, dass sie sich freute, mich zu sehen. Ihre starken Augenbrauen bildeten hohe Bögen, sie zeigte ihre weißen Zähne und fragte mich, ob ich einen Tee trinken wolle. Lesja krächzte oben auf dem Dach. „Nein", sagte ich, obwohl ich gerne mit ihr Tee getrunken hätte. Ihre dunklen Augen lächelten und ihre Wimpern, die ich schon von Frost glitzernd gesehen hatte, klappten. Ich bewunderte die fast tänzerische Bewegung, mit der sie die Schnur, an der der Fisch baumelte, durchschnitt. „10 Rubel", sagte sie und drückte mir den gefrorenen Fisch in die Hand. In unsere Atemwolken gehüllt, standen wir auf der Veranda des grasgrünen Holzhauses. Ich klemmte mir den Fisch unter den Arm und wühlte nach dem Geld. Dabei rutschte mir der Fisch unter der Achsel hervor und polterte auf den Dielenboden. Ich hob ihn auf. Sie nahm ihn mir wieder ab. Nun merkte ich, dass ich meine Fäustlinge ausziehen musste. Sie nahm sie ebenfalls. Doch meine Finger waren zu erstarrt, um die Münze in meiner Tasche greifen zu können. Da griff sie mich am Arm und zog mich sanft in Richtung Tür. „Du frierst, komm." Ich nickte nur und folgte ihr hinein. „Setz dich." Müde ließ ich mich auf eine Bank am Ofen fallen. Polja kochte Wasser auf dem Gasherd, füllte zwei Gläser, gab ein bisschen Tee hinein. Wir warteten und schauten den Dampfwolken zu. Nun rührte sie etwas Honig in den Tee. „Woher hast du denn Honig?", fragte ich. „Es gibt doch gar keine Bienen mehr." „Ich hatte letzten Sommer ein Volk im Wald entdeckt." Der Tee schmeckte gut, nach Karamell. Ich war zu müde, um etwas zu sagen. Ich hätte von meinem Abenteuer mit dem Bären erzählen können. Aber es kam mir irgendwie seltsam vor, das einfach zu erzählen, also erzählte ich's nicht. Über Poljas Oberlippe und an den Fransen ihres Ponys hingen winzige Wasserperlen, es sah wie Tau aus. Der Tee brachte mein Gesicht zum Glühen. Mir sanken die Augenlider herab. „Ich hab dich lang nicht mehr gesehen. Was machst du so?" „Nichts", sagte ich. „Und du?", fragte ich zurück. „Das Übliche", sagte sie lächelnd. „Wolltest du jagen und hast nichts gefangen?" Ich sagte schleppend ein paar Worte über den Bären. Meine eiskalten Zehenspitzen schmerzten beim Warmwerden, dann fühlte es sich an, als bissen Ameisen hinein. „Willst du dich kurz auf die Ofenbank legen?" Ich schüttelte den Kopf. „Ich muss gehen." Ich erwähnte den Onkel nicht, denn er hatte mich oft genug gebeten, mit niemandem über ihn zu sprechen. Mühsam richtete ich mich auf, die Muskeln taten mir weh, meine Beine waren steif. Polja öffnete die Tür und ich ging ins kalte Dunkel hinaus. Wieder umgaben uns Wolken aus Atemdampf und ich dachte an den Elch. Ich bückte mich nach dem Fisch, dessen Schuppen vom Schein der Lampe drinnen glänzten. „Danke", sagte ich und trat von der Treppe in den Schnee, der bei jedem meiner Schritte knirschte. Da rief sie meinen Namen und ich wandte mich zu ihr. „Gut, dass der Bär noch lebt", sagte sie. „Mach eine Fischsuppe. Warte!" Sie lief ins Haus, eine strenge Frauenstimme rief etwas, da kam Polja schon wieder heraus und stopfte mir eine Handvoll getrockneter Dill-Stengel und Blätter in die Manteltasche. Ich sah sie zurück ins Haus hüpfen, sie war barfuß, bestimmt, um ihre Filzpantoffeln nicht nass zu machen. Sie winkte mir noch einmal, dann kappte die Tür den Lichtstrahl.

Ich spürte den schneidenden Wind, der meine aufgetaute Kleidung sofort vereiste, so dass mein Mantel ganz starr wurde. Es war nicht völlig finster, der Mond schimmerte durch die Wolken und ich kannte den Weg von dem Jahr her, in dem ich zur Schule gegangen war. Das war, bevor der Onkel und ich in die Wildnis gezogen waren. Danach hatte er mich unterrichtet, unterrichtete mich immer noch gelegentlich. Ich schaute zum Himmel hinauf und sah ein paar Lichtpunkte in den etwas klarer werdenden Himmelsschichten. Ich versuchte mich zu erinnern, wie man Satelliten von Sternen unterscheiden konnte. Wenn sie sich schnell bewegten, waren es Flugkörper, aber Beobachtungssatelliten konnten die Position halten, meinte ich, dann erkannte man sie nur an ihrem Licht. Vielleicht gab es aber auch Satelliten, die sternenähnliches Licht aussandten, um sich zu tarnen?

Als ich etwa eine Stunde später in unsere Hütte trat, fragte der Onkel mürrisch, wo ich mich so lange rumgetrieben hätte. Dann musterte er mich mit seinen grauen Augen „Hast du was getroffen?" Als ich ihm den Fisch zeigte, hellte sich seine Miene auf. „Für wieviel geangelt?", fragte er und lächelte.

„10 Rubel."

„Gut gemacht. Und Dill. Bist'n Prachtbursche. - Zwei prächtige Burschen", meinte er zufrieden. Dann hielt er inne. „Einer tot." Solche Bemerkungen waren typisch für ihn. Hustend ließ er sich auf den Küchenhocker sinken. „Du weißt ja, wo die Zwiebeln und die Kartoffeln sind." Er schaute mir zu, wie ich den großen Topf mit Wasser füllte und anfing zu schälen. „Du hast jemanden getroffen."

„Polja."

„Wer ist das?"

„Ein Mädchen, das ich noch von der Schule kenne."

„Bist du verliebt?"

„Nein."

„Ist sie hübsch?"

„Ja."

„Beschreib sie mir."

„Sie hat ein rundes Gesicht, ein paar Sommersprossen, braune Augen, einen großen Mund, blonde Haare ungefähr bis hier …" Tränen traten mir vom Zwiebelschneiden in die Augen.

„Erzähl weiter."

Natürlich war er einsam. Er traf niemanden, saß meist nur an seiner Schreibmaschine, einer klapprigen хеброс 1500 … Normales Papier hatte er schon lange nicht mehr, er benutzte inzwischen die Tapete, riss sie in seinem Zimmerchen von der Holzwand, schnitt sie zu und spannte sie ein. Ich hörte es gern, wenn er tippte: das

Pling der Rolle, das Weiterdrehen, das Zurückschneppern des Hebels am Ende jeder Zeile, das Herausziehen des Papiers mit viel Schwung … Sogar während ich draußen den Fisch in Stücke hackte, quetschte er mich weiter aus. „Warum zieht sie nicht in eine Stadt?", rief er durch die angelehnte Tür.

„Ihre Mutter ist krank und will nicht weg."

„Was hat die Mutter? Wie alt ist sie?"

Sicher vermisste er den Kontakt mit Menschen, fast niemand wusste, wo genau wir wohnten und wer er war: Wolodja Drozdov, Physiker aus Moskau. Ein einziges Mal hatten wir einen Besucher gehabt, einen ehemaligen Kollegen, das war ein Festtag für meinen Onkel gewesen. Seine Augen hatten gefunkelt, er hatte sich die filzigen grauen Haare gewaschen, an seinem Bart herumgesäbelt, er fluchte, sang, kochte und war bester Laune. Irgendwie hatte er sogar Torte aufgetrieben. Sonst lebten wir ja von Grütze und Kartoffeln, im Sommer war's besser. Einen ganzen Tag und eine ganze Nacht hatten die beiden diskutiert und am Ende nur noch eingelegte Tomaten und Gurken aus Einmachgläsern gegessen und Wodka und Tee getrunken. Ich weiß nicht, was bei dem Treffen herauskam. Der Onkel sprach mit mir nicht über seine Arbeit. „Besser du weißt nichts davon", sagte er immer nur.

Jetzt knabberten wir an einem harten Stück Brot und warteten. Die Suppe duftete köstlich. Schließlich füllte ich zwei Teller und wir begannen zu essen. Schnell war der Topf leer bis auf ein wenig Sud, in den wir trockene

Brotkanten tunkten, um alles aufzusaugen. Satt und von Wärme durchströmt, machten wir es uns auf dem Diwan bequem.

„Spiel mir doch ein bisschen was vor", sagte Wolodja.

Ich war zwar müde, griff aber nach der Gitarre. Während ich die Saiten zupfte, fing ich an zu singen, erzählte vom Elch und vom Bären. Doch vielleicht weil ich so müde war, entwickelte sich eine andere Geschichte daraus: In einem Wald geriet ich in einen Schneesturm und fiel in die Höhle eines schlafenden Mädchens. Es war schummrig dort, gemütlich warm und das Mädchen schlief weiter. Ich wunderte mich, dass sie nicht aufwachte, und schaute sie im Schein eines flackernden Streichholzes an. Sie lag auf dem moosigen Boden, ihr Gesicht war blass. Um sie herum viele Bücher, manche aufgeschlagen. Vorsichtig berührte ich ihre Hand und erschrak, sie war eiskalt, ich küsste ihre Stirn: ebenfalls furchtbar kalt. Ich zog eins ihrer Lider nach oben und sah ihre verdrehten Augen. Da wurde mir klar, dass sie ohnmächtig war. Schnell drückte ich meinen Mund auf ihre kalten Lippen und blies meinen Atem in ihre Lungen. Ich presste beide Handballen stark auf ihren Brustkorb, wechselte zwischen Herzmassage und Mund-zu-Mund-Beatmung ab. Plötzlich krümmte sie sich und hustete ein Stück Pilz hervor. Vielleicht war er giftig. Schließlich öffnete sie die Augen und sah mich an. „Wer bist du?" An dieser Stelle fiel mir nichts mehr ein, ich summte nur noch weiter. Außerdem merkte ich, dass ich Schneewittchen abgekupfert hatte. Ich sah zum Onkel hin. Er war eingeschlafen. Ich legte eine Decke um ihn, damit er nicht fror. Sein Gesicht sah im Schlaf viel älter und trauriger aus, als wenn er wach war.

Ich legte mich auf meine Pritsche, schloss die Augen, konnte aber nicht einschlafen. Ich sah den Wald im Schnee vor mir, den Bären, das Gesicht Poljas, ich dachte an meine Eltern, die schon so lange verschwunden waren. Ein warmer Ton, eine Stimme hüllte mich ein, es musste die meiner Mutter sein. Sie saß am Feuer und sang. Funken stoben auf von rotglühendem Holz. Waren meine Eltern noch am Leben? Warum fanden sie keinen Weg zu mir? Der Onkel wollte zwar nichts sagen, aber ich würde trotzdem am nächsten Tag wieder einmal versuchen, etwas aus ihm herauszulocken.

Am nächsten Morgen weckte er mich mit einer Tasse Tee, einem Stück Brot und Marmelade. „Zieh dich an. Unterricht in einer halben Stunde." Während ich die varenje mit etwas abgekühltem Tee aus der Untertasse schlürfte, legte der Onkel, dem es scheinbar besser ging, die Bücher bereit. Ich fragte mich, welche Fächer er wählen würde. Er konnte eigentlich alles. Besonders gut war er in Mathematik und den Naturwissenschaften, aber er unterrichtete mich auch in praktischen Dingen wie Ackerbau und Kampfsport. Heute machte er Übungen zum binären System und sprach mit mir über Künstliche Intelligenz. Wieder einmal erklärte er mir, wie weit fortgeschritten die Überwachung der Menschen sei und dass er nicht geortet werden dürfe. Wie so oft fragte ich, wer ihn denn verfolge, und anstatt, wie sonst, abzublocken, begann er diesmal ein wenig zu erzählen. Er schilderte die extreme Erwärmung der Erdatmosphäre, die zum Tod von mehreren Milliarden von Menschen geführt habe. „Die Machthaber in den noch bewohnbaren nördlichen Ländern", sagte er, „haben ihre Grenzen rücksichtslos abgeschottet. Die Bevölkerung wird bewusst verdummt, manipuliert und reduziert. Und unser Metzger ist einer der Schlimmsten."

„Verfolgt er dich?"

Der Onkel nickte.

„Hat er auch meine Eltern verfolgt?"

Wieder nickte er.

„Leben sie noch?"

„Ich weiß es nicht." Und plötzlich begann er zu erzählen. „Deine Mutter war wie ein blühender Kirschbaum. Wunderschön, duftend. Und sie war furchtlos. Wenn sie von etwas überzeugt war, konnte niemand sie aufhalten. Sie reiste durch Sibirien, sah die Veränderungen, das Auftauen des Permafrostbodens, die abgesackten, eingestürzten Häuser, den Schlamm, die Mücken, roch den Gestank der aufsteigenden Gase. Sie sah auch die Lager, die Toten ..." Er verbarg seine Augen, Tränen liefen unter seiner Hand hervor. „Zusammen mit deinem Vater stellte sie ein unterhaltsames Aufklärungsprogramm auf die Beine und die beiden tourten damit durchs ganze Land. Bei den Auftritten spielte dein Vater Swerdkov, den deine Mutter mit ihren

Fragen und Rechercheergebnissen in die Enge trieb. Dabei machte dein Vater Swerdkov zur lächerlichen Figur. Die Leute lachten über den Metzger und das gefiel ihm nicht. Dann verschwanden deine Eltern ..." Er wischte sich die Tränen fort.

„Sie sind also nicht einfach so verschwunden, wie du immer gesagt hast", warf ich ihm vor.

„Nein."

„Heißt das, Swerdkov hat sie verschwinden lassen?"

„Ja."

„Sind sie tot?"

„Entweder das oder in einem Gefangenenlager. Hunderttausende sind verschwunden."

„Und warum hast du mir nie wirklich etwas davon erzählt?"

Der Onkel furchte die Stirn. „Zu gefährlich. Hab ich dir doch gesagt."

„Deshalb sind wir hierhin in die Wildnis gezogen, so weit weg von allem?"

Er nickte.

„Und warum erzählst du's mir jetzt?"

„Weil ich denke, jetzt bist du alt genug. Und ich ..." Er wollte mir über den Kopf streichen, aber ich wich aus. „Es tut mir leid", sagte er.

Erst jetzt wurde mir bewusst, was das bedeutete. Vielleicht lebten meine Eltern doch noch. Das traurige, verblasste Bild meiner Eltern – wie oft hatte ich in den ersten Jahren geweint! Wie lange nicht mehr? – wurde lebendig. Es musste möglich sein, Spuren zu finden. Genau das war es, was mein Onkel vorausgesehen hatte: dass es mir keine Ruhe lassen würde. Vorher war ich wie betäubt gewesen, nun war ich wach.

„Was weißt du?"

Er seufzte. Es war ihm klar, dass er mich nicht aufhalten konnte. Er holte eine Landkarte aus der Schublade hervor. „Bevor ich mit dir untergetaucht bin und aufgehört habe, das Internet und das Telefon zu benutzen, hab ich herausgefunden, dass sie zuletzt in Chabarowsk waren. Ist sechs Jahre her. Seitdem ist alles immer noch entsetzlicher geworden."

Am nächsten Morgen packte ich einen Rucksack mit einem T-Shirt und einer Unterhose. Ich hatte keine Ahnung, wie ich nach Chabarowsk kommen sollte, aber irgendwie würde ich es schon schaffen. Der Onkel gab mir Pemmikan, Zwiebeln, ein selbstgebackenes Brot und sein letztes Geld mit. Dann setzten wir uns hin, schwiegen und sahen uns an.

„Nimm Lesja mit und sei vorsichtig", sagte er zum Abschied.

Wir umarmten uns. Die Sonne schien.

Als ich mich kurz vor dem Wald umdrehte, stand er noch neben der Hütte und winkte mir.

Ich hatte Lesja gerufen und sie folgte mir. Hin und wieder sah ich sie weit entfernt vor oder hinter mir am Himmel.

Je mehr ich mich dem Dorf näherte, desto verhangener wurde der Himmel. Die Wolken waren gelblich, ein warmer Wind wehte, der nach Schwefel roch. Der Schnee war nass und klebte schwer an meinen Schuhen. Ich wollte den Bus nehmen, der einmal in der Woche nach Süden fuhr, in Richtung Amur. Weil ich noch viel Zeit hatte, beschloss ich, Polja ‚Priwjet' zu sagen. Doch als ich an ihrer Haustür klopfte, öffnete mir niemand. Das wunderte mich, ich hatte ein schlechtes Gefühl im Bauch und zog ein paar immer größer werdende Kreise um das Haus. Plötzlich zeigte sich Lesja und flog mir voraus. Als wir uns einem großen Dickicht mit Brombeersträuchern näherten, hörte ich betrunkenes Gelächter. Ich suchte einen Durchgang und Lesja zeigte ihn mir an. Ich fand mich auf einer kleinen Lichtung wieder, auf der zwei Jungen eine halbnackte Frau zwischen sich hin und herschubsten. Es war Polja. Sie hatten ihr den Mantel und Pullover ausgezogen und ihre Bluse zerrissen. Ich lief auf sie zu und schrie, sie sollten aufhören. Sie wandten sich mir zu und ich erkannte einen von ihnen. Er hieß Sergej und war in meiner Klasse gewesen. „Ach, du bist's", lallte er. „Lange nicht gesehen." Der andere, ein großer Bursche, hielt Polja fest. Jetzt sah ich, dass sie geknebelt war. „Willst auch ans Schaschlik, was?", grinste er.

„Lass sie in Ruhe", rief ich und stellte mich in seine Reichweite.

„Der will die Schlampe nur für sich", schrie er und wollte mir ins Gesicht schlagen. Ich wich mit einer Drehung aus, deren Schnelligkeit ich in einen Ellenbogenstoß in sein Gesicht legte. Ich fühlte und hörte sein Nasenbein brechen. Schreiend sackte er auf die Knie. Sergej packte Polja, zog ein Messer und hielt es ihr an den Hals. Dann ging alles sehr schnell. Lesja landete auf seinem Kopf und hackte ihm mit ihrem Schnabel in die Schädeldecke. Er schrie auf, stach nach ihr, verfehlte sie. Mit einem Schritt war ich bei ihm und schlug ihm das Messer aus der Hand. Er ließ Polja los und sprang mich an, doch ich rammte ihm mein Knie unter das Kinn. Ich hörte Zähne splittern, und er blieb im Schneematsch liegen. Da griff der Große mich wieder an, ich wich aus und gab ihm einen Stoß von hinten, so dass er mit seinem Gesicht gegen einen Baum prallte. Als auch er ein Messer zog, trat ich mit voller Kraft gegen seinen Unterarm. Die Knochen brachen, er sackte zusammen, seine Hand hing kraftlos herunter.

Polja hatte sich ihren Mantel übergeworfen, das Bündel Feuerholz aufgehoben, und wir schlüpften durch die Lücke in der Brombeerhecke. Wir stapften schnell durch den matschigen Schnee. Plötzlich blieb sie an einem Bach stehen, der schwarz vor uns durch das gräuliche Weiß floss. Sie schaute ins dunkle Wasser hinab. Dann begann sie zu weinen. Ich legte meine Arme um sie und verstand nur ein paar der Wörter, die sie in meinen Mantel schluchzte: Nie hätte sie gedacht, dass Sergej so etwas tun könne. Ich sagte, ich hätte ihn als ganz netten Jungen in Erinnerung gehabt.

Nach ein paar Minuten gingen wir weiter durch den tauenden Schnee.

„Siehst du, meine Tränen frieren nicht." Sie wandte mir ihr verweintes Gesicht zu.

„Das ist gut", sagte ich.

In der kleinen Station war es bullig warm und der Polizist nahm unsere Anzeige auf. Während Polja die Angreifer benannte, den Tatort und den Kampf beschrieb, zog der Beamte einige Male zweifelnd die Augenbrauen hoch. Sie zeigte einen Messerschnitt am Hals, blaue Flecke auf den Oberarmen und ihre zerrissene Kleidung. Ich bestätigte ihre Aussage als Zeuge. Gemeinsam verließen wir die Station. Polja und ich schauderten in der feuchten Kälte. Der Polizist stieg in einen Jeep und fuhr los.

Polja und ich folgten dem Waldsaum. Erst als ich an der Bushaltestelle vorbeikam, wurde mir klar, dass ich die Abfahrt verpasst hatte. Der nächste fuhr erst in einer Woche. Ich erklärte ihr, dass ich nach Chabarowsk fahren wollte, um der Spur meiner verschwundenen Eltern zu folgen.

Es dämmerte, als wir ihr Haus am anderen Ende des Dorfs erreichten.

Sie machte Feuer im Kamin und im Bad unter dem Wasserkessel und erzählte, dass sie ihre Mutter ins Krankenhaus habe bringen müssen. „Herzrhythmusstörungen." Schon den zweiten Tag hintereinander saßen wir dann bei einer Tasse Tee zusammen. Wir schlürften den Tee und aßen Pilzpiroggen dazu. Das Holzhaus erwärmte sich langsam, die Balken knackten, das Feuer knisterte. Sie sah mich an. „Wenn du möchtest, kannst du hier übernachten." Ich nickte. Dann half ich ihr, kochendes Wasser in eine Zinkwanne zu gießen und mit kaltem Wasser aufzufüllen. Während sie sich wusch, setzte ich mich an den Kamin, wartete und hörte sie singen. Sie hatte eine schöne, tiefe Stimme und sang ein altes Lied. „Sag's, Kuckuck, ruf's." Wie viele Jahre bleiben uns noch?, dachte ich.

Als sie wiederkam, hatte sie rote Wangen vom heißen Bad und trug Hose und Pulli. Ich half ihr, eine Liege in ihrem Zimmer aufzustellen und zu beziehen. Sie lächelte mich an, holte ein Kuhfell und legte es vor den Kamin. Wir streckten uns in der Nähe des Feuers aus und erzählten, wie es uns seit der Schule ergangen war. Sie sagte, seit dem Tod des Vaters vor ein paar Jahren, sei ihre kränkelnde Mutter immer zänkischer geworden. Gut verstanden hätten sie sich allerdings nie.

Ich erzählte vom Leben mit dem Onkel, hinter der Hügelkette am Polarkreis, wo es im Durchschnitt 5 Grad kälter war, erzählte von eisglatten Ebenen, über die der Wind fegt.

„Fühlst du dich nicht einsam?"

„Ich kenn's ja nicht anders. Die einzigen Menschen, die wir hin und wieder zu Gesicht bekommen, sind Ewenken, eine Familie, die vorüberzieht. Wir trinken Tee und sie erzählen Geschichten von ihren Vorfahren, von der Jagd und von Geisterwesen und der Onkel erklärt ihnen den Rest der Welt, bis sie sich die Ohren zuhalten. Ich spiel mit den Kindern."

Irgendwann merkten wir, wie müde wir waren und zogen in Poljas kaltes Zimmer um. Schnell schlüpften wir unter die Decken und mummten uns ein. Ich konnte nicht einschlafen, dachte über Polja nach, deren Atem ich manchmal hörte, und an den Onkel, der nicht wusste, dass ich nicht im Bus nach Chabarowsk saß.

Plötzlich hörte ich das Tappen nackter Fußsohlen und Polja schlüpfte zu mir unter die Decke. Ich sah nur ihr helles Gesicht und ihre glänzenden dunklen Augen. Sie kuschelte sich an mich und, ehe ich wusste, wie mir geschah, berührten ihre weichen Lippen meine. Sie küsste mich und ich erwiderte ihren Kuss. Sie schmeckte ein bisschen nach Zahnpasta und Karamell. Ihre Zunge strich über meine Zähne und spielte mit meiner Zunge. Wir umarmten uns und ich spürte ihre Brüste an meiner Brust. Wir zogen uns aus. Die wenigen Erläuterungen, die mein Onkel mir zum Thema ‚Sex' gegeben hatte, stellten sich als unzureichend heraus. Polja nahm meine Hand, legte sie an ihre Scheide und zeigte mir, wo ich sie reiben sollte. Als ich es tat, begann sie zu stöhnen und presste sich ganz eng an mich. Sie flüsterte mir Kosenamen ins Ohr, dann küsste sie mich und schien dahinzuschmelzen. Kurz darauf umschlang sie mich mit den Beinen und setzte sich auf mich …

Danach lagen wir keuchend nebeneinander. Wir waren kurz glücklich und wurden dann traurig. Wir wussten beide, dass wir uns lange nicht sehen würden. Also küssten wir uns wieder. So verging die Nacht.

Am nächsten Morgen war es seltsam. Wenn ich Polja ansah, musste ich immer daran denken, was wir nachts gemacht hatten. Wie sie nackt aussah, wie sie roch, schmeckte, sich anfühlte. Ich war ganz durcheinander. Bis wir uns wieder küssten, was dazu führte, dass wir uns wieder liebten. Diesmal bei Tageslicht.

Danach zogen wir uns schnell an. Sie musste ins Krankenhaus zu ihrer Mutter, ich zum Onkel. Wir küssten uns draußen im Schneeregen. Es fiel uns schwer, den anderen loszulassen.

Während ich auf die Hügelkette zuging, versuchte ich, mir Poljas Gesicht vorzustellen. Einzelheiten leuchteten auf: ihre Mandelaugen, die Nasenflügel, ihre malvenfarbenen Lippen, das braune, glatte, glänzende Haar, aber es entstand kein Gesamtbild. Ich war verzweifelt und fühlte, wie sehr ich verliebt in sie war.

Als ich auf dem Grat der Hügelkette stand, sah ich auf die weite weiße Ebene hinaus und dachte an meine

Eltern und den Onkel. Da hörte ich in der Ferne das Geräusch eines Hubschraubers und sprang schnell unter den vereisten Rock einer Tanne. Kurz darauf sah ich den Schatten des Fluggeräts über den Boden gleiten. Saßen Jäger darin, die vom Helikopter aus Bären und Rentiere schossen? Oder waren es Polizisten, die einen Entflohenen suchten? Der zusätzliche Wind, den die Rotorblätter verursachten, peitschte auch die Äste um mich, doch die Schneeschürze hielt. Nach einigen Minuten flog der Hubschrauber fort, aber erst als ich sein Geräusch nicht mehr hörte, kroch ich aus dem Versteck und ging vorsichtig weiter. In der Ferne sah ich einen Militärjeep die einzige Straße entlangfahren. Wieder verbarg ich mich. Als der Wagen in der Schlucht verschwunden war, überkam mich die düstere Vorahnung, dass man den Onkel gefunden hatte und nun mich suchte.

Ich nahm einen Umweg durch dichteren Wald am Fuß der Hügel und erreichte nach etwa einer Stunde einen Punkt, von dem aus ich unsere Hütte am Rand einer Lichtung hätte sehen müssen. Was ich aber sah, war ein Haufen Bretter. Mir wurde schlecht vor Angst. Was hatten sie dem Onkel angetan? Während ich mich von Norden durch schütteren Baumbestand heranpirschte, hämmerte mein Herz so stark, es schien mir so laut, dass es mich verraten konnte. Versteckt wartete ich in Sichtweite ab und registrierte kleinste Geräusche und Bewegungen. Ein Hase hoppelte. Plötzlich sah ich Lesja zur Hütte fliegen. Niemand schien dort zu sein. Nun näherte ich mich vorsichtig. Spuren zeigten, dass sie die Wände mit dem Wagen umgerissen hatten. Eine halbe

Außenwand stand noch, eine Wand des Zimmerchens, in dem der Onkel gearbeitet und aus dem kleinen Fenster geschaut hatte. Ich bahnte mir von der Seite einen Weg durch die übereinanderliegenden Balken und Bretter. Da sah ich ihn. Er lag neben seiner Schreibmaschine. Ich stürzte zu ihm, zerrte an seinem Mantel und versuchte, den Körper des Onkels umzudrehen. Seine Hand war sehr kalt. Als ich seinen Kopf zu mir drehte, berührte ich seine kratzige Wange, dann sah ich das Loch in der Schläfe. Da erst wurde mir klar, dass er tot war. Ich begann zu weinen, saß bei ihm und wiegte mich hin und her, die Hand auf seiner Schulter. Ich konnte nicht aufhören zu weinen.

Irgendwann hörte ich Lesja krächzen. Mit gefrorenen Tränen schaute ich auf. Sie saß im Rest der Fensteröffnung und schlug auffällig mit den Flügeln. Ich musste flüchten, hörte in der Ferne den Hubschrauber, gab dem Onkel einen Kuss auf die Stirn und kroch schnell durch die Trümmer fort. Geduckt lief ich zwischen die Bäume zur ausgehöhlten Fichte, griff nach der mit Wachstuch umhüllten Kiste, steckte sie in meinen Rucksack, grub mich ins Unterholz. Ich hoffte, dass ich keine Spuren hinterlassen hatte, zum Glück war alles vereist.

Kurz darauf landete der Hubschrauber auf der Lichtung und drei Soldaten sprangen heraus. Zwei schauten sich um, während ein Dritter Benzin auf die Überreste der Hütte schüttete und es anzündete. Die Flammen schlugen hoch und schwarzer Rauch stieg auf, den der Wind in Richtung des Hubschraubers trieb. Einer der

Soldaten kam in meine Nähe, aber Lesja lenkte ihn durch lautes Krächzen ab. „Was ist mit dem Scheißviech los?", hörte ich ihn fluchen. Da riefen ihn die anderen, weil der Pilot aus dem Rauch rauswollte. Er kletterte in den Helikopter, der hob ab, umkreiste das Gelände und flog dann in südlicher Richtung davon.

Während ich wartete und die Hitze des Feuers bis zu mir ins Unterholz strahlte, dachte ich über den Tod des Onkels nach und kam zu dem Schluss, dass er sich selbst erschossen hatte, um mich nicht zu verraten. Dass er an einem Kopfschuss gestorben war, schien mir ein Zeichen dafür zu sein. Nach allem, was er mir angedeutet hatte, hätte das Regime ihn gefoltert, um an Informationen zu gelangen. Das hatte er unmöglich gemacht. Wieder stiegen mir Tränen in die Augen. Ich kroch aus dem Gehölz. Ich musste nach Chabarowsk, aber sicher suchten sie mich und kontrollierten die Straßen ...

Plötzlich hatte ich einen Fluss vor Augen, den ich auf einem Ausflug mit den Ewenken gesehen hatte. Dieser Fluss floss nach Süden, vielleicht konnte ich mich auf einem Floß hinuntertreiben lassen. Ich musste nach Westen aufbrechen, um irgendwann auf den Fluss zu stoßen. So vermied ich den gefährlichen Engpass auf der Hügelkette, hatte aber auch keine Möglichkeit, Polja wiederzusehen. Das war allerdings sicherer für sie. Ich hoffte, die Offiziellen, die mich suchten, verfolgten die Spur zu Polja nicht. Oder hatte etwa der Polizist, bei dem sie die Anzeige aufgegeben hatte, den Hinweis weitergegeben? Hatte ich selbst, als ich meinen Namen auf der Wache angab, die Meute auf den Onkel gehetzt? Bedrückt kletterte ich über festgefrorenes Geröll, bis das Licht hinter der roten Wolkendecke langsam verlosch. Ich war müde, ging aber weiter, hin und wieder im Schein eines Streichholzes auf den Kompass schauend. Beides war im Wachstuchkästchen gewesen. So hielt ich einigermaßen die Richtung. Hin und wieder kam Lesja angeflogen und ich gab ihr ein paar Walnüsse, die ich noch in der Manteltasche hatte. Wenn mir die Augen zufielen, sah ich in der von roten Punkten durchsetzten Schwärze den Onkel und Polja, und einmal geisterten meine Eltern vorbei. Wolodja hatte mir einmal einen Vortrag über das Farbensehen bei geschlossenen Augen gehalten. Ich hatte den Inhalt seiner Rede vergessen, sah ihn aber, wie so oft von Rauchschwaden einer Papirossi umgeben. Meine lächelnde Mutter, mein tanzender Vater, Polja, mich ernst anschauend … Um nicht einzuschlafen, während ich Schritt vor Schritt setzte, versuchte ich mich an Details zu erinnern. Der kleine Leberfleck in der Nähe des Mundwinkels meiner Mutter, wie ein winziger dunkler Stern, die helle Narbe im sonnengebräunten Nacken meines Vaters, die ich sah, wenn er mich auf seine Schultern hob. Eine Drachenschnur hatte ihn geschnitten. Ich sah in die Schwärze und ging Schritt für Schritt. Ich dachte an Polja und fühlte, wie Wärme meine Brust durchströmte …

Hätte Lesja mich nicht geweckt, indem sie auf meiner Pelzmütze herumpickte, wäre ich in dieser Nacht erfroren. Ich saß auf dem eisigen Grund und schaffte es kaum, aufzustehen. „Hätt ich Flügel wie du, würd ich meinen Kopf darunterstecken und schlafen", murmelte ich. Sie forderte Pemmikan, den ich aus dem Rucksack holte. Ich schleppte mich weiter, schloss die Augen. Was war der Grund für all das? Der Onkel hatte immer vom Regime gesprochen, von Kontrolle, Versklavung der Massen, dem Ende der Menschlichkeit. Er hatte gesagt, dass Gehirne gesteuert und ausgetauscht würden. Ich hatte das nicht wirklich verstanden.

Ich öffnete meine Augen wieder, starrte in die Dunkelheit, schloss sie wieder. Dann wurde mir klar, dass ich gerade etwas gesehen hatte. Ich starrte in die Richtung, in der ich geguckt hatte. Es musste ein kleines Feuer sein, Hunderte von Metern entfernt. Ich ging darauf zu, als plötzlich ein Mann neben mir stand und in freundlichem Ton „Dobroe utro, Wanja" sagte. Es war Tichon, der Ewenke. Er umarmte mich, und weinend erzählte ich ihm vom Tod des Onkels. Er führte mich langsam weiter, stützte mich.

Schließlich erreichten wir das Feuer. In seiner warmen, kleinen Jurte gab er mir heißen Tee und geräucherten Fisch. Er hockte sich neben mich und schaute mir beim Essen zu. Als ich fertig war, zündete er sich eine Zigarette an. Im schwachen Licht der Petroleumlampe wirkte sein Gesicht mit den hohlen Wangen wie ein Totenschädel, er schloss die Augen und begann, leise zu singen. Dabei wiegte er seinen Oberkörper leicht hin und her. Ich sah die Lücken in seinen Zahnreihen, sie waren von Jahr zu Jahr mehr geworden. Schließlich verstummte er, das Feuer draußen war fast niedergebrannt. Ich dachte an den Onkel. Wie er mir Gedichte vorgelesen und Musik auf seinem alten MP3-Player abgespielt hatte. Wie er mir beigebracht hatte, einen Bogen zu bauen, wie er mir die Kernfusion erklärt hatte, bei der das Millionen Grad heiße Plasma im Magnetfeld des Tokamaks schwebte, wie er geschnarcht hatte und wie er am Ende in seiner Blutlache gelegen hatte …

„Schlaf jetzt etwas", sagte Tichon. Er warf eine Decke über mich, die nach Leder roch. Es war, als habe er mich ausgeknipst.

Gleich darauf, so schien mir, kroch Kälte in mich. Die Jurte um mich herum war abgebaut. Die Hunde bellten, während Tichon sie vor den Schlitten spannte. Ich streckte meine Glieder und erzählte ihm von meinem Plan.

Ich solle mich auf den Schlitten setzen, sagte er nur, schnalzte und die Hunde zogen an. Die kalte Luft schnitt mir ins Gesicht, meine Augen tränten. Ich ließ ihnen freien Lauf. Der Schlitten glitt dahin, kratzte manchmal knirschend über Steine, ruckelte. Mickrige Tundra, überfrorenes Moos. Mir wurde kälter und kälter. Schließich hielt ich es nicht mehr aus. Ich versuchte vom Schlitten zu springen, fiel. Tichon hielt an. Er zupfte die Eisstückchen weg, die im Pelz meiner Kapuze hingen. Er schmierte mir Fett ins Gesicht und wir fuhren weiter.

Ich tat das, was ich oft machte, wenn ich traurig war, ich begann zu singen, erzählte vom Onkel, beschrieb ihn.

„Zerrauftes Haar und Stoppelkinn, auf dem Pulli Marmelade, tee- und zigarettenbraun deine großen Lächelzähne, mit dem Schreibmaschinentippen hast du das System bekämpft, und die Papirossikippen zwischen deinen trocknen Lippen gingen immer aus." Mehr fiel mir nicht ein, also wiederholte ich es einfach immer wieder.

Wir machten an einen zugefrorenen kleinen See Halt. Tichon trat mit mir aufs Eis, legte sich auf den Bauch, schirmte mit den Händen das Licht ab und schaute hinunter. „Zu flach." Er ging weiter hinaus. „Hier." Ich legte mich auch aufs Eis und schaute nach unten. Ich meinte, dunkle Körper zu sehen. „Sie schlafen." Er begann, das Eis aufzuhacken. Dann holte er einen Kescher, hob zwei Fische heraus, tötete sie. Er war ständig in Bewegung. Nahm die Fische aus, zündete das Feuer an, briet die Fische, stellte die kleine Jurte auf, legte Felle darauf und Felle hinein. Alle Tätigkeiten führte er völlig gelassen aus.

„Wo ist deine Familie?"

„Weiter im Norden."

Nachdem wir gegessen hatten, sang ich ihm ein paar Lieder vor, die der Onkel oft gehört hatte. Ich konnte zwar immer nur ein paar Zeilen Text, bekam aber die Melodie einigermaßen hin. Like a Bird on a Wire, River Man, Moon River … Der Wind zurrte an den Fellen, Tichon schnarchte, und ich schaute mir im blakenden Licht der Petroleumlampe den Inhalt des Kästchens an. Neben einem grünen Stein und einer getrockneten blauen Blume fand ich einen alten Brief. Meine Mutter hatte etwas an den Onkel auf eine herausgerissene Buchseite gekritzelt. Ich las den letzten gedruckten Satz „Glück für alle, umsonst, und niemand soll gekränkt von hier fortgehen" und wusste, welches Buch es war. ‚Picknick am Wegesrand' war eins der Lieblingsbücher des Onkels gewesen. Ich las: ‚November 2055 Lieber Wowa, wir sind in einem Lager bei Chabarowsk. Kümmer dich um Wanja. Versteckt euch. Küss ihn von mir. Die Blume ist von dem Fußmarsch, den wir hierher machen mussten. Irina' Ich roch an der Blüte und meinte, einen ganz leichten Duft zu spüren.

In dieser Nacht träumte ich von hohem Gras, das im Wind wogte und Blüten, die von einem Baum regneten. Ich spielte Verstecken mit meinem Vater und stand hinter dem Baum. Ich schaute um den Stamm herum. Nichts war zu sehen. Vorsichtig verließ ich mein Versteck und ging in die Wiese hinein. Dann sah ich meinen Vater im Gras liegen. Ich hatte Angst, dass er tot war, aber als ich mich näherte, sah ich, dass er schlief und stupste ihn an. Da wachte er auf, lächelte und nahm mich in den Arm. ‚Ich bin so müde', nuschelte er und schlief wieder ein. Eine Schar Gänse flog über uns hinweg, eine Wolke hoch oben am Himmel warf einen Schatten auf uns. Ich wollte sie ihm zeigen. Da sah ich, dass er gestorben war.

Tichon weckte mich. Draußen wurde es hell. Lesja saß krächzend auf der Jurte. Zum Frühstück gab es kalten Fisch. Ich warf Lesja ein paar Stücke zu, die sie schnell verschlang.

Tichon begleitete mich um den See herum zu einem überfrorenen Bachlauf. Der würde mich zum Fluss führen. Er gab mir Trockenfisch und einen Feuerstahl, umarmte mich und sagte mir etwas auf Ewenkisch, wahrscheinlich ‚Lebwohl‘.

Der Bachlauf zog sich viele Kilometer hin, manchmal sah ich ihn gar nicht, sondern hörte den Bach nur unter dem nassen Schnee glucksen. Der Himmel war milchig.

Gegen Mittag erreichte ich den Fluss, der irgendwann in den Amur münden sollte. Unter den Eisplatten am Ufer floss das Wasser schnell und dunkel dahin. Immer wieder brachen Platten ab. Mit jedem ‚Werst‘ - wie die Längeneinheit von etwas mehr als einem Kilometer in den Klassikern hieß, die der Onkel mir vorgelesen hatte - wurde es wärmer. ‚Der Schneesturm‘, ‚Ein Held unserer Zeit‘ -, wie gut hatte er die Bücher gewählt und wie schön hatte er vorgelesen ... Ich trottete weiter und hielt nach etwas Floßähnlichem Ausschau, denn ich erinnerte mich an Huckleberry Finn – doch hier trieben nur Eisschollen und Geäst, hin und wieder ein Baumstamm. Eine meiner großen Zehen tat weh, es fühlte sich an, als friere sie ab – wahrscheinlich gab es eine undichte Stelle im Schuh.

Ich überlegte gerade wieder einmal, ob ich nachschauen sollte, ich ein seltsames Geräusch hinter mir hörte. Ich drehte mich um: Ein seltsames Fahrzeug pflügte durch den halbgefrorenen Schneematsch. Anstelle von Rädern hatte es zwei große Dreh-Spindeln längs an den Seiten, die wie Riesenzigarren aussahen. Auf den Spindeln lief ein Spiralgrat hin, der das Mobil durch die Drehung nach vorne zog. Zu meinem Erstaunen hielt das merkwürdige Gefährt an, als es auf meiner Höhe war. Der Fahrer, ein untersetzter Mann in Tarnjacke, stieg aus und fragte mich, wohin ich wolle. „Nach Chabarowsk", antwortete ich und er bot an, mich ein Stückchen mitzunehmen. Ich fragte, ob Lesja, die auf meiner Schulter gelandet war, mitfahren dürfe.

„Nein. Kein Schwarzer!", rief er. Als er mein Gesicht sah, fing er an zu lachen. „War nur' Scherz. Rein mit euch beiden." Er öffnete die Beifahrertür.

Ohne lange zu überlegen, stieg ich ein und war in einer anderen Welt. Es war mollig warm, leise Musik lief. Seufzend stieg auch der Mann ein, startete den Motor und wir begannen durch den Schneematsch zu rutschen.

„Schon mal so'n Ding gesehen?"

„Was?", fragte ich unaufmerksam, weil mein Zeh auftaute und immer stärker wehtat.

„Na, das hier!", rief der Mann ungeduldig.

„Nein."

„Ist'n Schneckochod." Jetzt begann der Zeh zu jucken. „Und? Gefällt's dir?"

„Ja", sagte ich mit zusammengebissenen Zähnen.

„Is' aus'n 70ern. Fast hundert Jahre alt, stell dir das mal vor. Hab's selbst wieder aufgebaut." Der Zeh brannte wie Feuer. „Haste die Wendel auf'n Zylindern gesehen. Archimedische Schraube. Anstelle vom Motor hab ich ne Brennstoffzelle reingebastelt. Ne kleine Windturbine vorne drauf für die Elektrolyse und fertig is' der Salat."

Wärme durchflutete meinen Körper. Ich entspannte mich allmählich. Allerdings hätte der Fahrer eine Dusche gebrauchen können. Noch gemütlicher wäre es gewesen, wenn Pawel, wie der Fahrer sich vorstellte, nicht plötzlich angefangen hätte, mir einen Vortrag zu halten.

„Alles hier wird zu Scheiße.", begann er. „Aber nicht nur das. Alles wird immer schneller zu Scheiße, genauer gesagt zu stinkender Gülle. Guck dir den Fluss an. Das war mal'n kleines Flüsschen. Jetzt taut's aber überall. Und was früher mal das Pipi-Pieseln von nem Kleinkind war, is' jetz' der Pissstrahl von nem Pferd, genauer gesagt der stinkende Pissstrahl von nem kranken Pferd."

„Und alles wegen dem Wetter?"

„Was'n sonst?" Pawel schaute mich an. „Die haben die ganze Erde zu heiß gebadet."

„Wer sind denn die?"

„Find das mal besser selber raus, Jungchen. Ich sag dazu lieber nichts." Er klopfte sich an den Kopf. „Will meine Steu'rung behalten. Zombies gibt's hier ja schon genug. Und in Chabba stößt du sofort mit der Nase drauf, verschwanzt noch mal."

Ich verstand ihn nicht ganz. Wollte ihn aber auch nicht fragen. Wir schwiegen.

Draußen wurde es dunkel. Dann prasselte Regen gegen die Scheiben und hämmerte aufs Dach.

„Vor dreißig Jahren da hat's hier kaum geregnet. Heut' jeden Tag." Er zog eine Flasche Wodka aus seiner Jacke, trank, dann kramte er in der anderen Tasche, holte eine Gurke und Dill hervor, biss in die Gurke, stopfte Dill hinterher, kaute. „Wir saufen und ersaufen", sagte er nachdenklich. Dann aber schrie er plötzlich, so dass das Büschel Dill, das ihm noch zwischen den Zähnen hing, erzitterte: „Was macht ihr mit uns, ihr Schwanzschwänze, ihr verfickten? Nein, nein, ich nenn' keine Namen …"

Der Regen hörte nicht auf zu trommeln, der Himmel wurde immer dunkler. Mir war sein wildes Gerede zuviel und ich schlug vor, dass er mich in der Nähe einer Bushaltestelle rausließ.

Er sah mich verständnislos an. „Hier fahr'n schon lang keine Busse mehr. Is' in diesem Schlamm nich' möglich."

„Dann steig ich einfach hier aus."

„Haste denn'n Säure-Regenschirm dabei?"

„Was für einen Regenschirm?"

„Die Plörre, die hier gerad' runterkommt, die ätzt dir die Haut weg wie sonstewas. In ner Viertelstunde siehste aus wie'n gegrillter Schafskopf mit gegarten Augen. -

Mmh!, ich krieg Kohldampf. – Hör mal, ich schlag dir was vor. Komm mit zu uns nachhaus. Mein Schätzchen brutzelt uns was Leck'res. Kannst bei uns penn' und bist morgen frisch wie ne Gurke. – Gib mal die Petersilie aus'm Handschuhfach."

Ich gab ihm das Büschel, er biss hinein und kaute kräftig und lange. Er wedelte mit dem Rest. „Hab ich immer dabei. Gibt frischen Atem." Er beugte sich zu mir und sagte verschwörerisch: „Frauchens Näschen darf'n Wodka nich' riechen, sonst gibt's Saures. – Is' auch besser, wenn ich dich mitbring, das lenktse nämlich ab. – So, gleich sind wir da."

Kurz darauf schlitterten wir auf einen Betonklotz zu, der im Schlamm zu versinken schien.

Pawel trat heftig auf die Bremse, aber wir rutschten einfach weiter. „Scheiße! Nich' schon wieder!", schrie er, und ein paar hilflose Sekunden später rammten wir das Haus.

Wir stiegen aus. Über uns hing ein Vordach, so dass uns der Regen nicht traf. Pawel schaute sich die Schäden an. „Scheiße. Aber was kannste machen?"

Die Luft stank faulig. Krähe stakste hinter mir drein. Das einzig erleuchtete Fenster ging auf, ein Kopf mit kunstvoll aufgetürmten blondgefärbten Haaren erschien und schrie „Haste wieder gesoffen? Sag's lieber gleich."

„Schau mal, Schatz, ich hab nen Gast mitgebracht."

Mit einer Art Knurren verschwand der Kopf.

„Keine Sorge. Die tut nur so. Komm rein, mein Freund."

Ich sah am Haus hoch. Die oberen Fensterhöhlungen waren leer und schwarz angekohlt, als hätte es dort gebrannt. Fluoreszierende Regentropfen stürzten an mir vorüber.

„Hallihallo!", rief mein Gastgeber vorsichtig im Flur. „Wo ist denn mein Juwel?" Das Prasseln des Regens oben aufs Blechdach übertönte beinahe seine Stimme.

Da trat eine gewaltige Frau aus der Küche, die ihrem Mann einen grimmigen Blick zuwarf und mich dann musterte. Als sie die Krähe sah, die an meinem Kopf vorbeischaute, bekreuzigte sie sich. „Ein Milchbübchen und'n schwarzes Viech", brummelte sie. „Wo hat der Tunichtgut dich'n aufgelesen?"

„Oben am Fluss." Meine Stimme flatterte ein bisschen. „Ich bin auf dem Weg nach Chabarowsk und Ihr Mann meinte, Sie kochen uns was Feines und ich kann mich hier ausruhen."

„Das is' gut, ha! Na, da ha'm sich ja zwei gefunden." Sie wandte sich an ihren Mann. „Wo soll das Jüngelchen denn schlafen? Haste ihm nich' erzählt, dass du mit dein' blödsinnigen Experimenten das Haus halb abgefackelt hast?" Sie machte Platz in der Tür. „Nu komm mal rein."

Ich quetschte mich an ihrem riesigen Busen vorbei.

„Wascht euch mal am Wasserhahn hier. Die anderen Leitungen hat ja mein Heimwerker hier kaputt gemacht." Sie patschte ihrem Mann in den Nacken, dann ging sie zu einem großen Topf auf dem Herd. „Womit hab ich das verdient", seufzte sie, nahm einen Löffel und kostete schlürfend. „Was sitzt du'n da rum? Geh ins Treibhaus und hol Dill."

Schließlich saßen wir am Tisch und löffelten die rote Suppe. Sie schmeckte köstlich und Dascha gab uns hin und wieder einen Schlag Schmand dazu. Lesja bekam eine Untertasse mit gekochtem Fleisch.

„Was gucksten mich so an mit die'm Hundeblick?" Dascha schob einen Löffel Borschtsch in ihren großen Mund und seufzte wohlig. „Meinetwegen." Zu mir gewandt sagte sie amüsiert: „Wie er sich freut. Wie'n süßes kleines Hündchen."

Einem kräftigen Mann im Tarnanzug dabei zuzusehen, wie er loswetzte, um seine Saufration zu holen, fand ich eher traurig.

Als Pawel gleich darauf mit glänzenden Augen wiederkam, streichelte sie ihm über die behaarte Pfote. „Das wars dann aber für heut', nich' wahr?"

Wir löffelten weiter.

„Ach", sagte sie, als ihr Teller leer war, „wie schön wars hier früher. Jetzt sind wir verfurzt. Methan. Kommt von den Bakterien. Früher war'n die im Permafrost drinne."

„Wenns nur das wär'", rief Pawel. „Der giftige Regen, die verdammten Slots. Und an der ganzen Scheiße ist dieser Metzger schuld."

„Pscht! Sei still."

„In meiner eignen Bruchbude, die im Stinkschlamm steckt, kann ich doch wohl sagen, was ich will."

„Du weißt, was mit die'm Freund passiert is'."

Pawel hielt inne und stierte traurig auf den kunststoffbeschichteten Tisch.

Ich sah sie fragend an. „Slots?"

„Wirste noch früh genug merken", sagte Dascha. „Was willst'n in Chabarowsk?"

„Ich such meine Eltern. Sie sind vor 6 Jahren auf einer Tournee verschwunden und ich hab erst jetzt erfahren, dass sie in Chabarowsk waren."

„Tournee?"

„Weiß ich selbst nicht genau. Ich glaub, sie haben so ne Art Kabarett gemacht."

„Was is'n das?" Beide schauten mich ratlos an.

Ich zuckte die Achseln. „Na, so Späße machen."

„Politische?"

„Glaub schon."

„Scheiße", fluchte Pawel, „dann sind sie sicher dem Teufel aufn Bocksfuß getreten."

„Jetzt halt aber mal den Sabbel! Setz dem Bübchen keine Flöhe ins Ohr! – Sprechen wir von was andrem. Wie willsten hin?"

Pawel lachte glucksend.

„Was lachsten so blöd?"

„Wie die Dinge liegen, Schatz, könnt' der Junge auch einfach hier sitzn bleim in unserm Häuschen, denn bei dem Regen schwimmwa in' nächsten Tagen sowieso weg, Richtung Fluss und dann – pfft! - bis zu seim Chabarowsk."

„Ach, jetzt hör aber auf."

„Ist doch dem Popov passiert: Wacht auf, geht vor die Tür, fällt ins Meer."

„Diese Geschichten …"

„Hat aber das Beste draus gemacht und viel geangelt. Is' auf Dorsch gegangen. Später hatta sich auf Sachalin was aufgebaut."

„Haha – sicher nur so'n Holzhüttchen, der Schluckspecht. Und das hat der Wind dann weggepustet." Sie drückte den Busen raus und reckte sich. „Zeit für die Heia."

„Pawel stand ächzend auf. „Ich zeig dir mal, wo du dich hinhaun kannst."

Während ich den Regen pladdern und die Eheleute im Nebenzimmer flüstern hörte, schaute ich Lesja zu, wie sie sich das Gefieder putzte und den Kopf unter den Flügel steckte. Ich nahm das Kästchen aus meinem

Rucksack und schaute hinein. Legte den Brief meiner Mutter und das Steinchen aufs Kopfkissen neben mich und las die Notizen des Onkels. Vieles verstand ich nicht, vor allem wenn von technischen Dingen die Rede war. Doch es gab auch ein paar Blätter, die an mich gerichtet waren. Auf ihnen stand im Grunde das, was er mir am Tag vor seinem Tod erzählt hatte. Er beschrieb nur etwas genauer, warum meine Eltern dem Präsidenten gefährlich geworden waren. Sie hätten Beweise gegen ihn gesammelt und es am Ende eines solchen Abends in irgendeiner runtergekommenen Tanzhalle oder verfallenen Bibliothek geschafft, dass die Menschen ihre Angst für kurze Zeit vergaßen. Außerdem hätten sie die Pläne, die Swerdkov verfolgte, offengelegt und sein weiteres Vorgehen sehr genau vorausgesagt. Das meiste, was der Onkel über die ,Slots' schrieb, war zu technisch für mich, aber sein letzter Satz - „Braucht die Seele einen Körper?" - beschäftigte mich auch noch, als ich schon das Licht gelöscht hatte. Was meinte er damit? Lesja gab kleine Geräusche von sich. Es hörte sich so an, als spräche sie im Schlaf.

Am nächsten Morgen weckte Lesja mich, indem sie mich mit dem Schnabel anstupste. Ich schlug die Augen auf und sah in ihre schwarzen Augen. Sie hockte auf meiner Brust und zeigte mir, dass sie rauswollte. Die Plastikfolie, die vors Fenster gespannt war, flappte im Wind. Etwas war anders, aber ich kam nicht drauf, was es war. Dann fiel es mir ein. Draußen regnete es nicht mehr. Ich sah in den verhangenen Himmel. Aber bald würde es wieder losgehen. Ich öffnete die Tür, Lesja watschelte durch den Flur, ich öffnete die Haustür und sie flog davon.

Hinter mir hörte ich ein Patschen. Es kam von den großen Füßen der Hausherrin. „Wohin fliegt sie?", fragte sie.

„Sie macht sich frisch und schaut sich um."

„Verständiges Vögelchen. – Bliny zum Frühstück?" Trällernd begann sie den Teig anzurühren, klapperte mit der Pfanne.

Als wir saßen, kam Pawel dazu. Erschöpft ließ er sich auf den Stuhl plumpsen, seine Haare waren zerrauft. Wir aßen Bliny mit salzigem Käse und Korianderblättern, dann mit varenje, bis wir pappsatt waren. Dazu tranken wir Tee und Kefir.

Ich fragte mich, ob Polja und ich solch ein Paar werden würden. Dass sich trotz aller Widersprüche gut verstand. Polja, die jetzt sicher gerade das Frühstück für ihre Mutter machte. Polja …

„Ich fahr dich zum Fluss. Im Schlamm watet's sich schlecht."

„Nimmste mich mit, Spatz?", unterbrach ihn seine Frau.

„Mit Vergnügen, Küken."

Ich musste lächeln. Dieser Brummer ein Küken?

„Heute wird's warm", knurrte sie. „März – und wir schwitzen. Und Mücken das ganze Jahr, verflucht!" Sie klatschte sich aufs Dekolleté. „Jetzt krieg ich'n Riesenflatscher da."

„Na, zu nem dritten Busen wird's nich' reichen."

„Ach du", winkte sie amüsiert ab.

Sie gaben mir Proviant mit. Ein paar hartgekochte Eier, Salzkäse, eingelegte Gurken, Brot.

„Alles eigne Herstellung", sagte sie stolz.

„Aber die Eier haste nich' selbst gelegt, oder", scherzte Pawel.

Schmunzelnd klatschte sie in die Hände. „Dawaj!"

Ich saß hinten, Lesja folgte uns fliegend. Wir glitten an einem Toten vorbei, den man auf eine Luftmatratze gelegt hatte.

„Oh, wieder ne Leiche, die im Frostboden gesteckt hat", sagte Dascha. „Jetzt wo's auftaut, komm' die nach oben, sind aufgebläht wegen dem Gas."

Pawel, der Schwierigkeiten mit dem schlingernden Schneckochod hatte, brummte: „Viele noch aus der Zeit von dem anderen Scheißkerl. Is' ja'n großes Vorbild für den unsrigen."

„Wird nachgeforscht, wer der Tote ist?", fragte ich.

„Nö, die verbrennt man so schnell wie möglich."

Der Fluss war ungeheuer breit. Er war Hunderte von Metern über die Ufer getreten, das sah man an einigen Pappelkronen, die in Reihe weit entfernt knapp aus dem Wasser ragten. Eine untergegangene Pappelallee, die den Fluss zuvor gesäumt hatte.

„Da treiben auch viele Tote drin. Ist alles nicht schön. Wir überlegen, ob wir in den Norden gehen, wo's noch Winter gibt."

Ich dachte an den Schneematsch in Poljas Dorf. „Da muss man schon sehr weit nach Norden. Über den Polarkreis."

„Mmh. - Schaun wir mal, ob wir Dimka finden." Wir glitten weiter in Ufernähe durch den Schlamm. „Ich kann das Kackbraun nich' mehr sehn!", fluchte Pawel.

„Passt aber zum Scheiß, der hier passiert", sagte seine Frau.

„Ah, da isser!"

Ein mickriger Mann saß auf einem Barhocker, der halb im Schlamm versunken war. Er schaute auf die vielen Baumstämme, die hier am Ufer lagen. Ein Bagger zog einen Baumstamm nach dem anderen auf den Schlamm.

„He! Fedka!"

Der Mann wandte sich zu uns um. Er hatte ein altes, verknittertes Gesicht, trug Jeans und ein schmuddeliges Unterhemd, in dessen Ausschnitt sich weiße Haare kräuselten.

Pawel zeigte auf den Hocker. „Stand hier mal'n Tresen?"

„Ja, war ne Kneipe hier. Ist das Einzige, was davon übriggeblieben ist."

„Kannste den jungen Mann hier mit auf Fahrt nehmen?"

Fedka musterte mich. „Wenn er anpacken kann."

Ich tat so, als ob ich in die Hände spuckte und die Ärmel hochkrempelte.

„Wohl'n Scherzkeks?"

„Der is' in Ordnung", sagte Pawel.

„Soll mir recht sein. Geht gleich los. Und du, Keks! Sieh zu und lerne. Lektion eins: das Einzige, wozu die Propagandablätter nütze sind." Der Alte zog einen Stapel Papier unter seinem Hintern hervor und warf ein paar Flugblätter vor sich in den Schlamm. Dann stieg er vom Hocker und trat drauf. Immer wieder warf er Papier vor sich und legte so die 20 Meter zum Wasser zurück.

Ich verabschiedete mich schnell von meinen Wohltätern. Von Dascha bekam ich sogar einen Schmatzer auf die Backe. Dann lief ich hinter dem Alten her, versuchte, seinem Papierpfad zu folgen, trat daneben und versank bis zum Knie im Morast. Als ich mich befreit hatte und schweißgebadet wieder aufschaute, sah ich Fedka von Baumstamm zu Baumstamm hüpfen. Jetzt erst bemerkte ich ein winziges Hüttchen, das inmitten der im Wasser schwimmenden Baumstämme stand und in das Fedka sich nun reinsetzte. Der Bagger löste einen Stamm, der als Blockierung gedient hatte und das riesige Holzgebilde aus zusammengebundenen Baumstämmen, das etwa hundert Meter lang und fünfzig Meter breit war, setzte sich in Bewegung. Schnell sprang ich auf, balancierte in Richtung Hütte und klemmte mir auf dem Weg mehrmals die Füße ein.

„Na, Jungchen. Auch schon hier?", begrüßte er mich. „Setz dich."

Ich verschnaufte in dem zugigen Verschlag. Der Himmel war schwefelgelb. Es begann wieder zu regnen. „Wann werden wir denn in Chabarowsk sein?"

„Hastes eilig?"

„Ja, schon."

„Zwei Wochen. – Jetzt mach mal nicht so'n Gesicht. So schlimm is' die Reise auch nich'."

Nach einer Weile zeigte Fedka auf die Ufer. „Hat ja alle Dörfer weggerissen. Früher war hier richtig Leben, jetzt ist alles tot. Und Chabarowsk liegt inzwischen im Meer. – Hä? Was issen das fürn hässliches Flattertier?" Er griff zu einer alten Flinte, die in der Ecke lehnte. „Ham wa gleich."

„Halt! Das ist meine Krähe!", schrie ich.

„Hä?"

„Ich hab sie aufgezogen." Ich pfiff und Lesja, die schlauerweise aufs Dach geflogen war, als sie die Flinte gesehen hatte, landete auf meiner Schulter.

„Das ist Lesja."

„Kann das Viech denn wenigstens sprechen?"

„Idiot", krächzte Lesja.

Fedka schaute verdutzt, dann lachte er sich schlapp.

„Gehört dir das ganze Holz?"

„Seh ich so aus?"

„Wo kommen die Bäume denn her?"

„Aus'm Wald." Er brummte vor sich. „Vom Chinesen - mit Kratzspuren von Tigern dran. Ich übernehm sie an der Grenze und flutsch dann mit der ganzen Scheiße bis zur Holzfabrik in Chabba. – Zufrieden? Immer noch nicht? Dann macht man Zahnstocher draus oder Essstäbchen und die können sich die Chinesen meinetwegen in den Arsch stecken."

„Warum bist du sauer?"

„Sind einfach Scheiß-Halsabschneider. – Guck mal, da treiben zwei Tote."

Ich sah zwei aufgeblähte Wasserleichen, die sich an den Händen zu halten schienen. Die langen blonden Haare der Frau umschlängelten den Glatzkopf des Mannes. Mehr erkannte ich nicht.

Fedka griff sich eine große Angel, die vor dem Hüttchen lag, knüpfte einen großen Haken dran und versuchte, die Leichen zu treffen. „Wenn ich rankomm, kann ich sie ausschlachten. Goldzähne, Goldringe, Geld. " Verbissen warf er den Haken mehrere Male aus, aber es war zu weit. „Scheiße!", schrie er. „Scheiße! Scheiße! Scheiße!"

Schließlich gab er vor sich hinmurmelnd auf. „Vielleicht klappts in den nächsten Tagen. Treiben ja so schnell wie wir, bleiben in der Nähe, alles in einem Fluss, können nicht abhauen. Na ja, hängenbleiben könnse oder rausgefischt werden von andren."

Aus einer Truhe griff er sich einen Köder, der wie eine Mutation zwischen Frosch und Schildkröte aussah. „So. Jetzt fisch ich uns mal was Leckeres aus der Brühe. - Hab mal ne Oma in nem Wels gefunden", sagte er, während er den Köder am Haken befestigte.

„Und? Hast du sie geheiratet?"

„Sehr witzig." Er kniff die Äuglein zusammen. Irgendwie ähnelte er dem Köder. „Sie hatte ein Badekostüm an. Das hab ich verkauft."

„Traurige Geschichte."

Er nickte nur und warf den Köder aus. Das Wasser stank.

Weil er nichts gefangen hatte, teilte ich am Abend meinen Proviant mit ihm und sah ihm beim Mümmeln zu. Er hatte nur noch ein paar Zähne in seinem faltigen Mund. Als er ein Stück Brot aß, verschluckte er einen Stiftzahn. „Der kommt immer wieder raus", schmunzelte er.

Wir schliefen im Sitzen, angelehnt an die dünne Holzwand. Nebel kroch herein, beißende kalte Schwaden. Irgendwann fing es wieder an zu regnen.

Es waren eintönige Tage, die wir auf dem Fluss verbrachten. Die leeren Ufer, der graue Himmel, der Regen, das braune Wasser um uns. Immer wieder tauchte das tote Liebespaar in Sichtweite auf, trieb mal vor, mal hinter uns, mal näher, mal weiter weg, aber Fedka kam nicht ran und verfluchte sie ausgiebig. Hin und wieder fing er Fische, die wir in einer Pfanne auf dem Gaskocher brieten. Schmeckten nicht gut, aber der Hunger triebs rein. Nach dem Essen sangen wir manchmal Lieder. Meine gefielen Fedka gar nicht. Er dagegen sang so scheußlich, dass es mir schon wieder gefiel. Eins seiner Liedchen – „Wir machen Lukki, Lukki, Lukki, Lukki, Lukki, Lukki, Lu" - wandelte ich um, aber da gefiel's ihm nicht mehr.

So vertrieben wir uns die Zeit. Es wurde von Tag zu Tag wärmer. Die letzten Eisschollen im Fluss verschwanden.

Und schließlich sahen wir in der Ferne die ersten hohen Häuser von Chabarowsk.

Zum ersten Mal in einer großen Stadt. Aber von der Stadt war nicht viel übrig. Als wir an den Plattenbauten vorübertrieben, sahen wir, dass nur die oberen Stockwerke aus dem Wasser ragten.

„Dreißig Meter blubb-blubb-blubb", sagte Fedka nur. Die Bewohner hatten die Eingänge jeweils in das erste Stockwerk über dem Wasserspiegel verlegt und schipperten mit Booten von Gebäude zu Gebäude. „Schau dir das an, Junge. Mehr als 300 Kilometer is' das Meer in den letzten Jahren an die Stadt rangeschwappt. Nur die Taucher haben gut lachen, die holen immer noch'n paar Sachen raus, die sie verhökern können. - Scheiße!", schrie er plötzlich, weil ihn die Fontäne eines Jetskis erwischt hatte. „Verwöhntes Arschloch!" Mit der Faust drohte er dem jungen Fahrer, der prompt ein paar Schüsse in unsere Richtung abfeuerte. Wir gingen in dem Hüttchen in Deckung. „Pfui Deibel!", fluchte er, während er sich das Gesicht trockenrieb. „Miese Plörre. Jetzt krieg ich wieder'n Ausschlag." Wir sahen, wie zwei Hubschrauber auf einem Hochhausturm landeten, von dem laute Bässe wummerten. „Und die reichen Säcke machen Party."

Eine Weile schaute ich auf das schmutzige Wasser und beobachtete Tüten, Plastikteile, Styropor, Holz … Müll, der, sich langsam um sich selbst drehend, durch die Stadt trieb und an Hausecken, Balkongittern und Masten große Knäuel gebildet hatte. In einem ehemaligen Industriegebiet - große Schornsteine ragten noch aus dem Wasser - rauschte ein kleines Motorboot heran. Fedka warf Taue hinüber und das Boot fuhr zu einem alleinstehenden Gebäude, an dem die Taue befestigt wurden. Im selben Moment ging ein Ruck durch das riesige Holzgebilde, auf dem wir standen. Ich fiel zu Boden, hörte Fedkas schadenfrohes Meckern und sah, wie sich hinter uns eine Welle auftürmte, die über die Baumstämme auf uns zuschoss. Es gelang mir, aufzustehen, bevor sie uns erreichte und in Kniehöhe um uns herumflutete. Wieder hörte ich Fedkas schadenfrohes Lachen: Grinsend zeigte er auf seine hohen Anglergummistiefel, meine Hose war vom stinkenden Wasser bis zum Schritt durchnässt. Ich hatte die Schnauze voll von ihm.

Als das Sägewerk unser Floß mit Motorwinden zum Gebäude hingezogen hatte, verabschiedete ich mich.

„Man sieht sich immer zweimal im Leben, Junge", sagte er. Es klang wie eine Drohung.

Ich winkte einem Motorboot zu, das gerade vorüberfuhr. Es schipperte auf uns zu und legte an. Der Fahrer verlangte einen hohen Preis für die Fahrt stromaufwärts in Richtung Stadtzentrum, aber ich kratzte meine letzten Rubel zusammen.

Während ich im Bug hinter der Windschutzscheibe kauerte und meine Hose wechselte, flog Lesja in geringer Höhe hinterher. Dabei wurde mir schlagartig klar, wie schwer es in dieser überfluteten Stadt werden würde, Spuren meiner Eltern zu finden. Ich starrte aufs Wasser und sah etwas anderes: Poljas glänzende Augen ganz aus der Nähe, meine Augen spiegelten sich darin, dunkel, ich dachte an den Duft von Poljas Haut, die Weichheit ihrer Lippen und sehnte mich nach ihr. Hier würde nichts zu finden sein. Selbst der schlaue Onkel hatte nichts gewusst – der Onkel in seinem speckigen, himmelblauen Usbekenmantel, der überhaupt nicht in den hohen Norden passte – der Onkel, der mir wissenschaftliche Vorträge hielt über den Untergang der Gesellschaft, das Abschmelzen des Inlandeises, den Vorgänger-Diktator und Massenmörder, der sogar noch bei seiner Beerdigung durch eine Panik Hunderte von Menschen umbrachte. „Nenne seinen Namen nicht", hatte der Onkel oft gesagt. „Nenne die Namen der Mörder nicht. Sie sollen namenlos sein. Nenne die Namen der Opfer. Erinnere an sie." Ich war elf oder zwölf Jahre alt, als ich das zum ersten Mal hörte. Ich erinnerte mich, wie er sprach: bis sich Spuckebläschen in seinen Mundwinkeln gebildet hatten. Wie bei manchen Fröschen beim Quaken, hatte ich oft gedacht. Ich vermisste ihn -, der sich jetzt in Rauchpartikeln in der Atmosphäre verteilt hatte. „Warum ist der Himmel blau?", hatte er mich immer wieder gefragt, bis ich die Antwort auswendig konnte. „Warum gibt es so schöne, rote Sonnenuntergänge?" Jetzt, dachte ich, ist er selbst in Form von Rußteilchen dafür verantwortlich. Ich vermisste ihn. Und seine schlechten Witze. Sicher hatte er daraus eine Art Trost gezogen, denn er hatte alles verloren. Vor allem drei Menschen: seine Lebensgefährtin Irina, „eine Mischung aus Vulkan und zärtlichem Oktopus", wie er manchmal sagte, seinen besten Freund, meinen Vater, der sogar noch witziger als er selbst gewesen sei, und seine Schwester, „die Bezaubernde". „Verflucht seien ihre Schinder! Möge Gott, wenn es ihn gibt, die Schuldigen in alle Ewigkeit strafen. Aber es gibt ihn ja nicht. Also muss dein müder, alter Onkel etwas tun. Aber was?" Ich dachte an meine Eltern, Mama, eine Schwingung wie ein Lied, eine warme Welle, Papa, ein Luftsprung, etwas Beschwingtes, hell beschwingt, nicht schwarz beschwingt wie Lesja, zu der ich nun hinaufschaute. Lesja, die sicher den Boden vermisste, auf dem sie herumgestakst war und gepickt hatte. Was wäre, wenn sie mit ihren Schwingen, deren Schwungfedern wie die Finger einer Zeichentrickfigur wirkten, einen Zauber bewirken konnte, der alles betraf, über das sie hinwegflog? Da hörte ich ein Schneppern, zwei Schüsse und betrunkenes Geschrei. Ich sah zum Dach des nächsten Hochhauses hin. Dort schossen Partygäste auf Tontauben. Plötzlich wurde mir klar, dass Lesja in Gefahr war. Die ersten Schüsse zielten in ihre Richtung, und schon im nächsten Augenblick fiel sie getroffen hinab, schlug als zerfleddertes Bündel auf dem Wasser auf. Ohne zu zögern, sprang ich in den Fluss und schwamm ihr hinterher, holte sie ein, hob sie mit einer Hand etwas aus dem Wasser. Sie lebte noch. Ich ließ mich auf das nächste Hochhaus zutreiben und zog mich dort auf ein Fenstersims. Ich fühlte ihr schnell schlagendes Herz, das kleine Bäuchlein. Sie sah mich an, pickte leicht mit ihrem Schnabel an meine Lippen. Ihr Blick brach, erstarrte. Meine Tränen tropften auf das kleine Bündel in meiner Hand. Lesja. Ich trug sie in das Zimmer hinein, das hinter mir lag. Wo konnte ich sie in dieser Wasserstadt begraben? Ich ging ins Treppenhaus und stieg hinauf, bis ich auf ein Flachdach kam. Dort war die Teerpappe aufgeheizt vom gelben Himmel.

Ich trat an den Rand des Daches und schaute zum Dach des Hochhauses hin, von dem aus Lesja erschossen worden war. Niemand war zu sehen, aber die Musik lief weiter und Gelächter war zu hören. Ein paar Hubschrauber standen dort in nur etwa dreißig Meter Luftlinie Entfernung.

„Was liegt an, Meister?"

Ich wandte mich um und sah im Schatten des Treppenhausquaders zwei Männer sitzen, die Karten spielten. Der eine hatte Glubschaugen und wirre lockige blonde Haare, die wie eine Afro-Perücke aussahen, der andere trug einen Anzug und sah aus wie Buster Keaton. Mit Lesja in meinen Händen ging ich zu ihnen und erzählte, was geschehen war. Sofort sprang der Strubbelkopf auf und lief zur Balustrade. „Setz dich, Bubbele", sagte der Seriöse und wandte sich an mich. „Willst du sie beerdigen?"

Ich nickte.

„Ich weiß, wo das geht. Wir bringen dich gleich hin. Aber vorher ..." Er öffnete ein kleines Kabuff, eine Art Geräteschuppen, und holte ein paar leere Flaschen, einen Kanister und Stofftücher heraus. „Die Arschlöcher da drüben gehen mir schon seit langem auf den Geist." Er füllte etwas Benzin in eine Flasche und stopfte ein Stück Stoff in den Flaschenhals.

„Kann ich auch, Zeb?"

Während Bubbele einen weiteren Molotov-Cocktail bastelte und dabei seine Zunge zwischen den Zähnen einklemmte, um sich besser zu konzentrieren, zeigte Zeb auf ein kleines Zitronenbäumchen und fragte, ob ich Lesja nicht solange darunter legen wolle. Ich tat es. Doch als ich Lesja da unter dem Gelb einer Zitrone und dem Grün einiger Blätter liegen sah, musste ich weinen. Zeb rief mich und schniefend trat ich zu den beiden an die Balustrade. Zeb hatte die Flaschen aufgestellt. Er gab uns Feuerzeuge. „Versucht, die Hubschrauber zu treffen." Wir zündeten die Tücher an, ließen die Flamme auflodern und warfen. Eine Flasche traf. Schnell zogen wir uns hinter das Treppenhaus zurück, warteten, schauten um die Ecke. Die Plexiglashülle des Helikopters schmolz brennend und schwarzer Rauch stieg auf. Dann explodierte der Tank. Geschrei war zu hören. Wir verließen das Dach und postierten uns ein paar Stockwerke tiefer in einem zerschlagenen Großraumbüro. Durch die dunkel getönten Scheiben sahen wir hinunter auf den Ausgang des Gebäudes gegenüber. Knapp über der Wasserlinie knubbelten sich dort die Partygäste. Polizeiboote pflügten durchs Wasser, legten an.

„Gehen wir zum Hinterausgang", sagte Zeb gelassen. Bubbele rannte los. „Langsam!", rief er ihm nach, aber Bubbele war schon am Ende des Ganges um die Ecke verschwunden.

Vom Balkon eines ausgebrannten Zimmers sahen wir ihn wieder: Er saß ein paar Meter unter uns in einer Schaluppe und wartete. Wir ließen uns an einem dafür vorgesehenen Tau hinunter, Bubbele schmiss den Außenbordmotor an und fuhr los. Während das Boot Gebäude umkurvte, wurden hinter uns die Polizeisirenen leiser. Schließlich schienen wir am Stadtrand zu sein, denn es gab kaum noch etwas, das aus dem Wasser ragte.

„Warum sind die Wohnungen alle kaputt und leer?"

„Hat nur ein paar Jahre gedauert", sagte Zeb. „Alles Absicht. Seit die Schulen geschlossen wurden, seit niemand mehr arbeiten muss, werden die Leute systematisch verdummt. Schreckliche Zustände. Die Familien hocken aufeinander. Nahrungsmittel-lieferungen, Fressorgien, die Spielkonsolen Tag und Nacht, kein Zugang zu Bildung. Lesen und Schreiben wird bald niemand mehr können. Es wird nur noch geglotzt, gibt nur noch Gequatsche und Gelaber, Verarmung und Verrohung der Sprache. An freie Information übers Netz kommen nur noch Hacker ran, alle anderen kriegen nur gezielte Fehlinformationen, Verschwörungstheorien, Bullshit, Porno."

Bubbele horchte auf und machte ein paar eindeutige Handbewegungen.

„Tja, der Bubbel. Auch der ist ein bisschen verroht." Zeb legte seine Hände vors Gesicht und massierte die Stirn. „Viele Selbstmorde, auf den Dörfern erledigt das der Selbstgebrannte. Keine Ärzte fürs Volk, damit es wegstirbt. Aber das Schlimmste ist die Abstumpfung. Irgendwann spielte der Vater weiter an der Konsole oder glotzte Porno, auch wenn neben ihm die tote Frau und das tote Kind lagen. Und auf dem Berg von Toten und Müll feiert die Elite ihre Orgien."

Bubbele gähnte und Zeb zeigte auf ein langgezogenes Gebäude, auf das wir zuhielten. „Der ehemalige Flughafen von Chabarowsk."

Die ‚Blumenkinder', wie Zeb sie nannte, hatten auf dem Flachdach des Terminals einen kleinen botanischen Garten angelegt. Es gab Blumen und Kräuter in Hochbeeten und einige Bäume in großen Kübeln. Dort, unter einem silbrig flirrenden Olivenbaum, begrub ich Lesja. Noch lange stand ich an ihrem Grab und sah sie hüpfend, fliegend und auf meiner Schulter landend vor mir, fühlte ihre Schwinge meine Wange streifen. Und mit einem Mal wurde mir klar, dass ich etwas tun musste, dass ich diejenigen bekämpfen musste, die all diese Veränderungen verursacht hatten.

Aufgeregt lief ich auf dem Dach entlang, Kies knirschte unter meinen Schuhen, und plötzlich begann ich zu zittern. Da erst merkte ich, wie nass meine Kleidung noch war. Bibbernd ging ich zu dem altrussischen Holzhaus, das am Ende des Daches stand. Es erinnerte mich an Poljas Haus, ich dachte an sie und hoffte, dass die zwei, die sie gequält hatten, im Gefängnis saßen. Als ich die Tür öffnete, strömte mir wunderbar warme Luft entgegen und ich hörte jemanden Gitarre spielen. Ich merkte, dass ich nach Brackwasser roch - wer weiß, welche Gifte meine Haut durchweichten -, als ein sehr schönes Mädchen auf mich zukam.

„Deine Lippen sind ja ganz blau." Sie strich mit einem Zeigefinger darüber. „Du brauchst eine warme Dusche. Komm!" Sie lächelte mich an und in ihren kornblumenblauen Augen sah ich Sprenkel wie kleine Kiesel in einem Bach.

Ich folgte ihr und schaute auf ihr blondes Haar, das bei jedem Schritt ein wenig hin und her schwang. Sie führte mich eine Treppe hinauf und als ich hinuntersah, bemerkte ich in einer Ecke des großen Raums ein Grüppchen junger Leute, die dem Gitarrenspieler zuhörten. Die Melodie war schön, aber traurig. Mir traten Tränen in die Augen. Es war alles zuviel. Das Mädchen drückte mir ein Handtuch in die Hand und öffnete die Tür eines Badezimmers. „Ich bring dir'n paar Klamotten."

Es gab warmes Wasser und sogar Seife. Erst, als ich ein lautes Klopfen hörte, merkte ich, dass ich sang, - traurige Zeilen, die zur Musik von unten passten. Der gebräunte Arm des Mädchens reichte mir Kleidung in die Duschkabine. Ungeduldig klimperte sie mit zwei

Armreifen an ihrem Handgelenk, als ich mich schnell noch abtrocknete. Ich nahm die Sachen und zog mich an. Alles passte genau, was mich wunderte. „Dein Zeug ist in der Gemeinschaftswaschküche."

Ich musste wohl verwundert geguckt haben, denn sie sagte: „Wir teilen alles. Der eine schleppt dies an, der andere das. Wir sind Aktivisten. Machen Protestaktionen. Gefährliche Sachen. – Komm mit. Ich stell dich ein paar Leuten vor."

Ich ging hinter ihr die Treppe hinunter, sah wieder auf ihren kurzen Pagenschnitt, der schwang, ihren Nacken und den goldenen Flaum dort. Wir traten an die Gruppe heran. Der Gitarrenspieler, ein bäriger Typ mit Vollbart und Brusthaaren, die durch sein T-Shirt piekten, hörte auf zu spielen und sah mich an. Ich stellte mich vor und setzte mich dazu.

„Du hast gerade unter der Dusche so schön zu Dimas Melodie gesungen", sagte Tatjana. „Sings doch mal."

Dima spielte die traurigschönen Akkordfolgen.

Es machte mir nichts aus, vor ihnen zu singen. Ich hatte nichts und niemanden mehr auf der Welt. Ich schloss einfach die Augen, wollte nichts mehr sehen, und an mir zogen Bilder vorbei, über die ich sang.

„Grün glitzern deine Augen, Mutter, und lachend springst du in die Höhe, Vater.

Wo seid ihr? Ihr seid hier.

Du hast mich aufgezogen, Onkel. Sie haben dich ermordet.

Wo bist du? Du bist hier.

Auf Wiedersehen, Krähe. Schließt deine schwarzen Flügel.

Wo bist du? Du bist hier."

Stille. Alle sahen mich an.

„Wow", sagte einer. Dann klatschten alle.

„Lass uns zusammen ein paar Songs schreiben", sagte Dima.

In diesem Moment platzten Bubbele und Zeb herein. Ich wusste nicht, wo sie gewesen waren. Bubbele wollte sofort einem Mädchen ein Küsschen geben und bekam eine Ohrfeige. Theatralisch warf er sich an die Schulter von Zeb, der ihn streichelte. „Nimms nicht so schwer. Bist halt hässlich." Zeb wandte sich an die Runde. „Wanja hat euch sicher nicht erzählt, wie wir den Mord an seiner Krähe gerächt haben, oder?"

Die jungen Leute waren zwar sichtlich von den beiden Typen genervt, wurden aber doch schnell von Zebs Erzählung in den Bann gezogen.

„Sind die hinter euch her?", fragte einer.

„Klar."

„Ihr könnt 'ne Zeitlang bei uns unterkommen."

„Nee, der da nicht", meinte das Mädchen, das Bubbele die Ohrfeige gegeben hatte.

„Nicht nötig. Wir sind Kummer gewohnt, nicht wahr, Bubbele?"

Bubbele nickte mit trauriger Miene.

„Ihr könntet in unserer Truppe als Clowns auftreten", meinte ein weizenblonder Typ mit Schweinswimpern.

„Nein", sagte Zeb, „wir sind lieber liebe Gangster. – So wie … wie hieß er noch? Ich habs gleich …" Er schnippte mit den Fingern. „Na, der mit der komischen Mütze."

Keiner wusste, von wem er sprach, und ich merkte plötzlich, wie müde ich war. Da sprach Dima mich an: „Mit deinem Talent können wir vielleicht wirklich was bewirken. Kennst du ‚Mercy, Mercy Me' von Anfang der 70er?" Ich schüttelte den Kopf. „Da ging's schon um Umweltzerstörung, musste dir mal vorstellen." Er redete begeistert auf mich ein und spielte ein paar Melodien an. Aber ich konnte ihm nicht folgen. Immer wieder fielen mir die Augen zu. Ich sah nach draußen. Ein warmer Wind wehte durch die offene Tür herein.

Plötzlich stand Tatjana vor mir, reichte mir die Hand und zog mich mühelos hoch. Sie schien sehr stark zu sein. „Goldkehlchen muss schlafen", sagte sie in die Runde und ging mit mir hinaus. Sie zog mich mit sich zur Anlegestelle und wir kletterten auf ein kleines

Fischerboot. Es war schwül. Der bedeckte Himmel färbte sich im Osten rot. Bald würde es dunkel sein. Tatjana startete den Motor und wir fuhren raus aus dem Stadtgebiet, auf ferne Hügel zu.

An einem mit Kiefern bestandenen Hang ließ sie den Anker hinab. Rasselnd fiel er ins Wasser, das hier viel klarer war. Der Himmel über uns war pfirsichrot. Sie gab mir Wasser und Brot. Dann gingen wir unter Deck. „Wie du siehst, gibts nur eine Koje. Putz dir die Zähne und leg dich hin. Ich komm nach."

Sie hielt mir eine frische Zahnbürste unter die Nase. Endlich mal wieder Zähne putzen. Als ich nochmal aufs Deck trat, um über Bord zu spucken, konnte ich sie nicht sehen. Vielleicht saß sie in einem toten Winkel in der Fahrerkabine oder war an Land gegangen. Dort hätte ich sie aber eigentlich sehen müssen. Ich war jedoch so müde, dass ich einfach wieder nach unten stieg, aus meiner Hose schlüpfte und mich unter die Decke legte. Durch ein Bullauge fiel noch etwas Dämmerlicht herein, ich lauschte dem an der Bootswand glucksenden Wasser und schlief ein.

Mitten in der Nacht wachte ich auf, weil Tatjanas Arm auf meiner Brust lag. Im Dunkel fluoreszierten ihre Armreifen grünlich. Ich spürte ihre Brüste an meinem Rücken und hörte ihre ruhigen Atemzüge. Ich fühlte mich geborgen und beschützt, dachte aber, umgeben von Tatjanas leichtem Vanilleduft, an Polja und hatte ein schlechtes Gewissen.

Als ich wieder wach wurde, spürte ich Tatjanas Mund in meinem Nacken, sie küsste mich und ihre Hand legte sich auf meine Flanke. Jetzt biss sie mich leicht, flüsterte mir etwas ins Ohr, das ich nicht verstand. Es waren Wörter einer anderen Sprache. Sie wirkte verändert. Vielleicht tat sie das alles im Schlaf. Vielleicht schlief ich und träumte das alles nur ... Ich wandte mich ihr zu und unsere Münder fanden sich. Sie schmeckte etwas bitter, etwas wie Gras ...

Am nächsten Morgen wachte ich früh auf, befreite mich aus ihrer Schlafumarmung und tapste an Deck. Der Himmel war grau, es regnete leicht, das Boot dümpelte. Ich zog mich an, fühlte mich schlecht, dachte daran, was Tatjana und ich getan hatten. Ich zog das Boot näher ans Ufer, sprang an Land, steckte im Schlick, zog die Füße heraus und kletterte den Hügel hinauf. Oben angekommen, setzte ich mich unter eine Kiefer. Darunter war es halbwegs trocken und roch nach Baumharz. In der Ferne sah ich die Hochhäuser Chabarowsks. Unten lag das kleine Fischerboot. Worauf hatte ich mich eingelassen? Konnte ich sagen, sie hatte mich verführt? Damit hätte ich es mir zu leicht gemacht. Ich hatte Polja betrogen, hatte sie vor Augen, ganz nah. Wie konnte ich ihr je wieder ins Gesicht sehen?

Unten trat Tatjana aus der Kajüte und streckte sich. Dann sah sie mich und winkte. Jetzt sprang sie gekonnt an Land und kletterte den Hang zu mir hinauf.

Ich wunderte mich, wie wenig außer Atem sie war, als sie sich schließlich neben mir an den Stamm sinken ließ. Sie teilte eine Pirogge und bot mir die Hälfte an. Sie wirkte unbeschwert, während in mir alles düster war.

„Warum bist du traurig?", fragte sie mich nach einer Weile.

Da erzählte ich ihr stockend von Polja.

Sie schwieg.

Über den Waldboden schoben sich zwei mit den Hinterteilen aneinanderhängend paarende Feuerkäfer.

„Das tut mir leid", sagte sie.

Ich schaute kurz zu ihr hin. Ihre Oberlippe schien leicht zu beben. Sie sprang auf, lief den Hügel hinab und verschwand im Boot. Ich erwartete, dass sie den Anker einholen, den Motor starten und fortschippern würde. Aber nichts geschah. Ich ließ mich auf den nadeligen Boden sinken, zu den Feuerkäfern und ihrem Treiben, und sah in den bleigrauen Himmel. Warum war ich hier? Ich hatte Spuren meiner Eltern suchen wollen? Das war sinnlos, wie mir schien. Wie schön wäre es gewesen, wenn Lesja jetzt neben mir gelandet wäre. Sie hätte leise gekrächzt und wäre nachdenklich auf und ab geschritten wie ein Priester im schwarzen Rock, der über ein Problem nachdenkt. Dann hätte sie mit ihrem Schnabel leicht an meinen Hals gepickt. Nicht um auf russische Männerart zu zeigen, dass es Zeit sei, Wodka zu trinken, sondern aus reiner Zärtlichkeit. Ich richtete mich auf und sah auf die wenigen Hügelkuppen, die in der Nähe aus dem Wasser ragten. Blutrote Tulpen sprenkelten das stumpfe Nadelgrün. Die Kiefern waren mickrig und verwachsen, die wenigen Birken tot. Aus den von Flechten bedeckten Stämmen wucherten große Pilze. Jetzt sah ich Tatjana aus der Kajüte treten. Sie winkte mir zu und rief „Abfahrt! Pojechali!".

Während ich über den federnden Boden hinabschritt, dachte ich an den Balalaika spielenden Onkel, der ein Liebeslied auf alle Frauen sang. Mir kam eine Zeile in den Sinn, in der er sang, dass er vom Frauenschwarm zum Babysitter für „Klein-Wanja" geworden sei, und ich dachte, dass er neben allem anderen auch ein Angeber gewesen war. Und aus einer Art Trotz gegen alles, die Lage und meine Fehler, machte ich einen Handstand-Überschlag. Auf dem abschüssigen Hang schaffte ich das – nicht so gut, wie mein Vater das geschafft hätte, aber immerhin.

Unten reichte mir Tatjana die Hand und ich sprang mit ihrer Hilfe an Bord.

„Freunde", sagte sie.

An der Stadtgrenze wurden wir von einer Patrouille kontrolliert. Tatjana ließ mich in eine Bodenluke klettern, die in einer Ecke unter einem schäbigen Teppich verborgen war. Ich konnte hören, wie ein Milizionär unfreundlich nach den Papieren fragte. Tatjana antwortete selbstsicher. Und nur wenige Minuten später wünschte der Mann ihr in freundlichem

Ton ‚Gute Weiterfahrt'. Ich kletterte aus dem stickigen Loch heraus und sie wuschelte vergnügt durch meine Haare, um die Spinnweben herauszuholen. Dabei war ihr lächelnder Mund mit den strahlenden, ebenmäßigen Zähnen direkt vor meinen Augen und ich dachte daran, dass ich ihren Mund geküsst hatte, und die Gedanken an unsere gemeinsame Nacht ließen mich vergessen, dass ich sie hatte fragen wollen, wie sie es geschafft hatte, die Milizionäre so schnell loszuwerden.

Wir pflügten schnell durchs müllverseuchte Wasser. Die Gebiete der Ärmeren. Viele der Hochhäuser standen leer.

„Früher waren das hier gefährliche Viertel", sagte Tatjana. „Jetzt sind aber nicht mehr so viele Leute am Leben. Und die wenigen sitzen alle drinnen."

Ich fragte nach dem Stadtarchiv. „Gabs sicher mal. Alles vom Wasser zerstört. Aber vielleicht finden wir ein paar Ältere, die sich erinnern. Ich fahr dich jetzt erst mal zu Dima, der ist ganz wild darauf, mit dir Songs aufzunehmen."

Kurz darauf setzte sie mich am Eingang eines heruntergekommenen Hochhausrests ab. Sie lächelte nicht beim Abschied, wirkte kühl. Bevor ich darüber nachdenken konnte, was das zu bedeuten hatte, hörte ich ein unheimliches, treibendes Zirpen - etwa wie von einer Riesengrille. Ich folgte dem Sound durch eine offenstehende Tür in eine große Wohnung. Über den Schutt einer niedergerissenen Wand hinweg sah ich in eine Art Tonstudio, in dem Dima vor einem Reglerpult saß. Die Musik kam von einem alten Tonbandgerät, das daneben auf einem Tisch stand. Ich trat an Dima heran, der, als er mich sah, sofort aufsprang und mich umarmte. Er zeigte auf das Tonband. „Joy Division. 80 Jahre alte Musik. Genialer elektronischer Sound, oder?"

Ich nickte.

Wir setzten uns auf den Balkon und sahen dem Müll beim Vor-Sich-Hindümpeln zu.

Eine tote Kuh trieb vorbei, auf deren aufgeblähtem Leib Ratten saßen und sich hineinfraßen.

„Ein Bild unserer Gesellschaft", meinte Dima. „Aber noch sind wir nicht tot."

„Die Ratten werden auf ihrem Leichenfloß ins Meer treiben, es ganz auffressen und ertrinken."

„Das ist mal ne Zeile", rief Dima begeistert und führte mich in sein ‚Studio'. „Ich lass das Zirpen in Endlosschleife laufen und du setzt irgendwo ein."

Ich begann zu singen ... es passte gut.

„Wir müssen noch was reinrühren!", schrie Dima plötzlich und zog an einer Zigarette, die er mit Marihuana gefüllt hatte. „Brauch ich, um nicht durchzudrehen", murmelte er. „Ich spiel dir mal ein paar Sequenzen vor und du improvisierst dazu. Vielleicht mal was Härteres, in die Fresse, ne Art Grunge."

Der Begriff sagte mir nichts, aber das Aufgekratzte, das Aufheulen von Gitarren, das brutale Schlagzeug, der plötzliche, leise, traurige Refrainteil packten mich. Zeilen und kurze Melodien schossen mir durch den Kopf, Zeilen, die ich schrie, Zeilen, bei denen ich fast weinen musste. Dima funkelte nur so vor musikalischen Ideen. Er hantierte mit Mikrophonen, spielte Keyboard, programmierte Beats am Computer, nahm verschiedene Spuren auf, mischte ab. Und während er umhersprang, fielen mir weitere Verse ein. Ich beschrieb monoton, wie der Dauerregen fiel, wie er alles Grün wegätzte, einen Schmetterling im Flug zusammenschrumpfen ließ, das Gesicht eines Toten wegschmolz. Als sei es das Natürlichste der Welt. Dann steigerten wir das Tempo, ich sang darüber, wie alles vertrocknete, verbrannte, bis die Erde schließlich als von Asche bedeckter Stein übrigblieb. „Third Stone from the Sun", rief Dima. Und zum Schluss schrie ich immer wieder „Ist es das, was du willst?", während Dima Schüsse peitschen ließ.

Wir arbeiteten an vier Songs. Es war Abend geworden, als Dima zufrieden in die Hände klatschte. „Genug! Jetzt haben wir vier Songs: zwei Trauersongs, zwei Protestsongs. Lass uns gleich heute Nacht auftreten."

Etwas zögernd stimmte ich zu.

„Eine Frauenstimme im Background wär gut", sagte er und bestellte ein Wassertaxi zum ehemaligen Flughafen. Wir schleppten das Tonband, sein Keyboard, eine Gitarre für mich und ein Mikrophon zum Boot. Schnell lief Dima nochmal ins Haus und lieh sich das nötige Geld bei Nachbarn.

Der Taxi-Käptn fluchte, weil wir mit dem ganzen Kram sein Boot fast zum Kentern brachten. Ich musste Gitarre und Mikrophon festhalten, damit sie nicht ins Wasser fielen.

„Kennst du jemanden, der was von den Straflagern weiß, die es hier vor Jahren in der Gegend gab?", fragte ich Dima, während wir durch den Dreck bretterten.

„Mein Vater saß in einem. Ich hab ihm schon von dir erzählt. Er wird zum Konzert kommen. Du kannst mit ihm sprechen."

„Will er das denn?"

„Er ist froh, wenn sich mal jemand dafür interessiert."

Weil ich mich so über die Wendung der Dinge freute, vergaß ich, auf Gitarre und Mikrophon zu achten. Sie tauchten ins Wasser und das Ganze brachte das Taxi zum Schaukeln.

„Verdammte Scheiße", blaffte der Käptn nach hinten. „Pass doch auf!"

Ich aber lächelte nur, so glücklich war ich.

Sein Blick traf mich über den Spiegel. „Dummkopf!"

Im Flughafengebäude startete Dima eine Art Einladungslawine durch Weitersagen. Wir hofften, es würden 30-40 Leute kommen und begannen, Stühle in der Halle aufzustellen.

„Warum spielen wir nicht draußen?", fragte ich. „Regnet doch nicht."

„Zu gefährlich wegen der Drohnen."

„Aber wenn wir was erreichen wollen …"

Dima dachte nach. Er wirkte müde. „Hast Recht. Und schießen werden sie wohl nicht gleich."

Während wir die Stühle nach draußen aufs Dach trugen, bekamen wir Hunger. Dima erbettelte in der Küche ein paar ‚butterbrody' mit Margarine. Wir kriegten sogar ein paar Heringe. Wir waren gerade dabei, die Brote zu verschlingen, als Tatjana auftauchte. Sie hatte was mit ihrem Haar gemacht. Es sah jetzt aus wie ein glitzernder neonweißer Wasserfall. Sie schaute uns beim Essen zu. „Na, haben sie euch euern Fraß zugeworfen wie Pinguinen im Zoo?"

„Das war doch nett", sagte ich.

„Du Kind!" Ungeduldig stieß Tatjana Luft durch die Nase. Irgendwie schien mir ihr Wesen verändert. „Unser Kleiner braucht mal ne Horror-Dröhnung."

„Halt! Besser erst nach dem Auftritt", meinte Dima.

„Er wird schon damit klarkommen." Tatjana zuckte mit den Achseln. „Oder?" Sie legte ihren Arm um meinen Hals.

Was war nur mit ihr los? Bevor sie jedoch etwas sagen konnte, stellte sich ein schlaksiger Junge vor mich hin und streckte mir sehr förmlich die Hand entgegen.

„Jewgenij. Jewish Genius." Er lachte mit einer gewissen Hysterie. „Jew-genij. Du verstehst? Ach so, dir sagt der Name nichts? Na ja, ich bin ein Hacker. Dima hatte mich gebeten, ein bisschen wegen deiner Familie nachzuforschen. Komm. Wir setzen uns in die Ecke da. Obwohl ... nein. Ecken sind nicht gut. Leiten den Schall. Wir gehen einfach draußen rum."

Er ging so schnell, dass ich Mühe hatte, mit ihm Schritt zu halten. „Tschuldige meine Paranoia. – Also, ums kurz zu machen: Der Präsident der Region СИБ中, ich nenne seinen Namen jetzt nicht, hat die Ermordung deines Onkels veranlasst."

„Warum?"

„Ich stelle keine Vermutungen an."

„Leben meine Eltern noch?"

„Dito." Er merkte wohl, dass ich mit seiner Art nicht so gut zurechtkam und musterte mich neugierig. „Ich gebe dir einfach ein paar Eckdaten. - Aber nicht in der Ecke." Wieder lachte er geradezu hysterisch. „Ich könnte mir vorstellen, dass dein Gesichtsausdruck jetzt zeigt, dass du mich für etwas seltsam hältst. Und du hast Recht. Yeah! Ich habe das Asperger-Syndrom! Mein Gehirn ist in einigen Bereichen leistungsfähiger als das normaler Menschen. Vor allem in Logik und Kombinatorik, zudem verfüge ich über ein fotografisches Gedächtnis. Aber ich kann Gesichtsausdrücke nicht deuten und Ironie nicht erkennen. Witze übrigens verstehe ich auch oft nicht. Um menschlicher zu wirken, versuche ich manchmal selber welche zu machen, aber niemand findet sie lustig. Scherz beiseite …" Er lachte und beobachtete gleichzeitig, ob ich mitlachte. Als ich das nicht tat, hörte er sofort auf. „Hier der Überblick: Unser blauer Planet ist ein grauer geworden. Ende." Seine Lache machte mich allmählich mürbe. Aber wieder stellte er sie sofort ab, als er merkte, dass ich nicht lachte. „In den letzten 20 Jahren hat sich die angekündigte Klimakatastrophe vollzogen. Punkt. Große Teile der Erde, etwa vom 50. Breitengrad Nord bis zum 50. Süd sind weitgehend unbewohnbar. Dort herrschen tagsüber Temperaturen von 70 Grad Celsius. Bevor sie starben, - wann auch sonst? Entschuldige den Mangel an Logik – versuchten die Menschen zu flüchten, doch die gemäßigteren Zonen schotteten sich ab. Weltweit sind Milliarden von Menschen an den Folgen der Hitze gestorben. Parallel dazu entwickelten sich alle politischen Systeme zu Diktaturen. 90 Prozent der Arbeit wird von Robotern ausgeführt. KI-Systeme steuern und kontrollieren fast alles. Neben einer kleinen Elite gibt es die arbeitslose Restmasse. Sie wird mit Computerspielen und Drogen betäubt, mit sterilisierenden Nahrungsmitteln versorgt und schrumpft stetig. Unser Präsident regiert nun seit etwa einem Jahr den durch die Fusion Sibiriens mit Nordchina geschaffenen neuen Staat ‚Sib-Zhōng'."

Ich fühlte mich schlecht. Der Hering rumorte in meinem Bauch. Trotzdem fragte ich ihn, warum man mich nicht mehr verfolge?

„Dass du Paranoia hast, heißt nicht, dass sie nicht wirklich hinter dir her sind." Er lachte zu lange, hatte vergessen, mich zu beobachten. „Wir alle werden observiert und abgehört, aber das dürfte bei unserem Gespräch hier schwierig sein." Er zog ein kleines Gerät aus seiner Tasche. „Weißes Rauschen, selbst entwickelt. – Und jetzt verrat ich dir noch etwas", flüsterte er. „Die Mitglieder der High Society haben es geschafft, unsterblich zu werden. Sie können ihre Bewusstsein-Sets, so nenn ich sie mal, auf Sticks kopieren und in andere Körper hineinsetzen. Zweitens können sie umgekehrt andere ‚Gehirne' in ihren Körper einsetzen. Und drittens sind sie update-bar und mit KI zu verbinden."

„Was soll das heißen?"

„Du kannst Menschen gewissermaßen wieder zum Leben erwecken, du bist unsterblich, du kannst den Körper wechseln. Ich wäre an einem Tag ich, du, oder ein anderer. Außerdem könnte ich alles blitzschnell erlernen, könnte z.B. Chinesisch lesen oder eine Herzoperation durchführen."

„Wie geht das?"

„Unser Hirn ist ersetzbar. Und frag nicht nach der Seele." Jewgenij lachte hysterisch und klopfte mir auf den Rücken. „War vielleicht etwas viel, Alterchen?" Er stand auf. „Ich möchte mal so eine Software in die Finger kriegen. Den ganzen Dreck von innen sehen. Deshalb fahr ich bald nach Moskau."

„Nach Moskau?"

„Bist du ein Echo?" Nach diesen Worten ging er einfach weg.

Drinnen ließ ich mich auf eine ramponierte Couch fallen.

„Hat er dich vollgesülzt?" Tatjana strich mir über die Stirn. „Du siehst fertig aus."

Dima zog mich hoch. „Komm mit raus. Wir stellen den Sound so ein, dass er alle umhaut."

„Sind unsere Stücke denn lang genug?"

„Wir improvisieren. Du haust was auf der Gitarre raus und wenn dir mal kein Text einfällt, bau ich mit dem Synthie eine Landschaft auf und lass sie implodieren. Dann bist du wieder dran."

Ich nickte zweifelnd.

Da stand plötzlich Bubbele neben mir wie ein aus dem Boden gewachsener Pilz, zog eine Zwille aus der Tasche und tat so, als schösse er etwas am Himmel ab. Er grinste über beide Bäckchen.

„Aber knall nur bewaffnete Drohnen ab, Bubbele", ermahnte ihn Zeb, der dazugekommen war. „Durch die nur mit Kameras werden wir berühmt."

Während ich Töne auf der E-Gitarre anschlug und Dima die Lautstärke immer weiter hochdrehte und versuchte, die Verzerrungen zu vermindern, kam Tatjana zu mir.

Sie bewegte sich so, als tanze sie zu einem Song, den nur sie hören konnte, umarmte mich und leckte dabei an meinem Hals.

„Hast du was genommen?", fragte ich misstrauisch.

„Quatsch! Ich freu mich aufs Konzert. Ich bin so gespannt. - Komm doch mal mit", flüsterte sie mir ins Ohr.

Sofort war die Erinnerung da an die Nacht auf dem Boot. Ich war so durcheinander, dass ich mich von ihr in einen kleinen Raum ziehen ließ. Dort legte sie ihr Kinn auf meine Schulter und bat mich, etwas vorzusingen. Ich sang ihr eine Art Schlaf- und Liebeslied vor, das ich mir mal ausgedacht hatte. Es war langsam und träumerisch und sie entspannte sich.

„Oh, ich hatte vergessen, dass wir nur Freunde sein wollten." Sie ließ mich los. „Wir nehmen zwei verschiedene Türen. Sonst gibt's Gerede." Weg war sie.

Draußen sah ich sie nicht mehr. Dima nahm mich am Arm und führte mich zu seinem Vater, einem großen alten Mann mit grauem Bart, und stellte mich vor.

„Du bist also der im hohen Norden versteckte Sohn von Andrej und Irina."

„Was? Sie kannten sie?"

„Dein Vater und ich waren im selben Lager. Unter schrecklichen Bedingungen mussten wir Gleise verlegen. Wir freundeten uns sofort an. Deine Mutter habe ich auf einem Foto gesehen, das mir dein Vater gezeigt hat. Sie wirkte auf mich wie ein Engel aus einem Gemälde von Leonardo, es war, als habe sie Flügel. Ich hörte später, der Massenmörder habe sie nach China verschleppt. Nach Xi'an. Von da aus hat er ja die Fusion von Sibirien mit Nordchina vollzogen. Mehr weiß ich nicht." Er fuhr sich mit zittriger Hand durch den Bart. „Sieh dir an, was das Lager aus mir gemacht hat. Nicht mal fünfzig und ein Greis. Wie du deinem Vater ähnelst! Die grauen Augen, dein Mienenspiel, die Statur." Er legte mir eine Hand auf die Schulter. „Er konnte alle zum Lachen bringen. Er schaffte es, dass wir das Elend für kurze Zeit vergaßen. Selbst nach sechzehn Stunden Arbeit konnte es sein, dass er plötzlich einen Tango sang und die Schritte dazu machte. Die Aufseher kamen nicht mit ihm zurecht, denn sie selbst mussten über seine Scherze lachen. Sie ließen uns so einiges durchgehen." Der Blick von Dimas Vater verschleierte sich. „Wir hungerten, verloren Zähne, hatten Typhus, sehr viele starben. Dass wir uns gegenseitig helfen durften und unsere Goldzähne gegen Brot tauschen konnten, muss dann zum Lagerkommandanten durchgesickert sein." Er sah mir in die Augen. „Eines Tages tauchten plötzlich Soldaten an der Strecke auf. Sie legten dem Leiter der Wachmannschaft Handschellen an. Als dein Vater das sah, nahm er einen kleinen Stein vom Boden auf und drückte ihn mir in die Hand. ‚Gib das Wanja', sagte er. Dann führten sie ihn außer Sichtweite und wir hörten die Schüsse."

Tränen rannen mir übers Gesicht. Ich ließ sie einfach laufen. Mein Vater war tot. Schon viele Jahre. Tot. Dimas Vater gab mir einen kleinen Stein. Vor Tränen konnte ich ihn kaum sehen, einige Tropfen fielen auf ihn, er wurde dunkel und ich sah, dass er zwei Schichten hatte – wie der Nougat, den der Onkel einmal mitgebracht hatte.

„Ich hab ihn immer bei mir getragen."

„Wann ist das gewesen?"

„Am 10. Juni 2055 ist dein Vater gestorben. Erschossen worden von den Schergen Swerdkovs." Er umarmte mich. „Dein Vater war mein bester Freund", sagte er. „Komm zu uns zu Gast. Jederzeit. Dann erzähle ich dir noch mehr von damals. Und jetzt los! Mal sehen, was mein Sohn und du auf die Beine stellen. Es muss ja mal was Gutes passieren in dieser schlechten Zeit."

Er umarmte mich zum Abschied. Dima und ich gingen hinaus. Ich war völlig fertig. Das Steinchen in meiner Hand hatte auch mein Vater in seiner Hand gehalten. Bubbele lag auf einer Sonnenliege wie am Strand und sah in den grauen Himmel. Zeb sagte: „Bisher nur Kameradrohnen."

Vor den Lautsprechern standen schon viele Leute. Dima stellte uns vor. Er bedankte sich bei ein paar Helfern. Während er sprach, kamen immer mehr Zuhörer zusammen. Auch Tatjana war plötzlich wieder da, in der ersten Reihe, warf mir einen Luftkuss zu, aber ich war erstarrt, durcheinander. Ich sah meinen Vater vor mir, jung, lebendig, meine Mutter wie einen Engel fliegend, meinen Onkel, meinen Hüter, Polja durch den verschneiten Wald stapfend … Alles staute sich in meinem Kopf, ich wollte weinen …

Dima sah wohl, dass es mir nicht gut ging. Er legte den Arm um mich, und in diesem Augenblick wusste ich, dass ich sprechen musste. Ich nahm das Mikrofon und erzählte, dass ich gerade erfahren hatte, dass mein Vater vor 6 Jahren hier in der Nähe von Soldaten im Auftrag Swerdkovs erschossen wurde. „Meine Mutter ist weitertransportiert worden, wohin genau weiß ich nicht und auch nicht, ob sie noch lebt." Die Zuschauer schwiegen. Am Keyboard erzeugte Dima einen dunklen, warmen Hintergrundklang. Er gab mir ein Zeichen, ich nahm meine Gitarre, die er mit einem elektrischen Abnehmer versehen hatte, und spielte eine einfache, träumerische Melodie mit viel Hall. Ich begann mit dem Song, den einige schon kannten, aber ich improvisierte den Text, die Zeilen überraschten mich selbst. „Ich steh auf einem Feld, die Hecke zwischen uns", sang ich. „Nun läufst du auf mich zu, verschwindest aber plötzlich, dann tauchen deine Beine auf, sie schnellen in den Himmel, dein Oberkörper folgt, so fliegst du über Dornen, stehst plötzlich vor mir, hingezaubert und gibst mir einen Kuss."

Ohne auf den Beifall zu achten, begann Dima den nächsten Song mit tiefen Orgeltönen, die alles vibrieren ließen. Ich spielte langsame, verzerrte Klänge hinein und fing an, im Sprechgesang die Toten zu beschreiben und das Lager. Im Refrain wechselten wir plötzlich zu einem harten Rhythmus, schneidenden Tönen, und ich schrie meine Anklage hinaus. Die Zuschauer wirkten geschockt, dann aber sah ich, dass einige Headbanging zur Musik machten. In der zweiten Strophe flippten alle einfach aus. Mein Blick wanderte über die mitsingenden, tanzenden Menschen. Tatjana stand nicht mehr da, wo sie vorher gewesen war.

In diesem Moment tauchte eine große Drohne am Himmel auf. Ich sah, wie Bubbele mit seiner Zwille auf sie schoss, und wie die Drohne abstürzte.

Eine andere musste aber in der Nähe sein, denn nun waren Schüsse zu hören.

Die Zuschauer liefen schreiend auseinander.

Zeb packte mich am Arm und wir rannten durch das Gebäude hindurch zur Anlegestelle. Dima war uns gefolgt, und da war Tatjana mit ihrem Boot und wir sprangen hinein. Schüsse peitschten ins Wasser um uns, durchlöcherten Holz. Bubbele versuchte, die zweite Drohne zu treffen, wurde aber am Arm verwundet. Tatjana trat mit einer Flinte an Deck, schoss, und die Ladung zerfetzte das Fluggerät. Dann startete sie den Motor und wir rasten in weitem Bogen auf die Hügel zu.

Zeb verband Bubbeles Arm.

„Hast du was Süffiges da?", rief der Verletzte zu Tatjana hin.

„Ich dachte, er kann nicht sprechen", sagte Dima.

„Das ist sein einziger Satz", meinte Zeb.

Bubbele sprang auf und machte ein paar einladende Tanzschritte auf Tatjana zu.

„Schau mal in den Kühlschrank", sagte diese schnell, bevor er sie erreichte.

Bubbele ging sofort unter Deck und wir hörten die Tür auf- und wieder zuklappen. Gleich darauf kam er mit trauriger Miene wie ein enttäuschtes Kind zurück.

„Wollte dich nur loswerden", knurrte Tatjana.

Schmollend verzogen sich Zeb und Bubbele ins Heck.

Wir tuckerten über die riesige Fläche schmutzigen Wassers, die sich bis zum Horizont ausdehnte. Hin und wieder ragte ein verrosteter Strommast aus der trüben Flut. „Jetzt seid ihr berühmt", meinte Tatjana. „Und sie sind hinter euch her."

„Wohin fahren wir denn?", fragte ich.

„Hier ist alles abgesoffen. Wir müssen nach Südwesten."

Sie schob den Steuerhebel nach vorn und wir rauschten los.

Nach einer Weile fragte Dima, ob hier überhaupt noch jemand lebe.

„Nein", sagte sie nur. Das inzwischen rötlich dämmernde Meer spiegelte sich in ihrer Sonnenbrille. Sie schaute durchs Fernglas. „Bis auf solche", sagte sie und beließ es dabei. Erst ein paar Minuten später sahen wir eine riesige treibende Insel aus Plastikmüll, auf der ein paar Hütten halb im Wasser standen. Von Weitem sahen wir jemanden winken.

Kurz darauf legten wir an. Wir sahen dem Winker zu, wie er sich balancierend zu uns hinschob. Er hatte große Styroporplatten unter seine Gummistiefel geschnallt und platschte über das Schmutzwasser hin, das knapp über dem Plastikwirrwarr stand.

„Seid willkommen", sagte er und zog seine Anglerhosen hoch. „Sicher seid ihr durstig."

Bubbele war begeistert. Er tat so, als zische er ein Bier und wische sich den Schaum vom Mund. Dann rülpste er.

Der Fremde schmunzelte etwas gequält, schnallte sich Styroporplatten vom Rücken und legte sie vor uns auf die Brühe.

Wir folgten ihm in Richtung einer Hüttenansammlung. Es war nicht einfach, auf den Platten zu gehen, aber Zeb und Bubbele trampelten Hand in Hand spritzend so schnell vorwärts, dass unser Führer kaum mitkam. Erstaunt sahen Tatjana, Dima und ich, - hinter ein paar Hütten verborgen - einen Hubschrauber stehen. Plastikplatten schienen zu einer Art Landeplatz zusammengeschmolzen worden zu sein.

Als wir die größte Hütte, eine Art Kneipe, betraten, schlürften Zeb und Bubbele schon Bier aus großen Krügen. Es roch nach verfaultem Fisch. Mit einem Kopfnicken reichte unser Gastgeber uns dreien ebenfalls einen Humpen. „Auf unsere Gäste!" Offenbar erwartete er, dass wir tranken. Als wir zögerten, nahm er „Zubiss" lispelnd drei Tellerchen vom Tresen. Der knorpelig aussehende Snack schien irgendeine Mutation zu sein, schon ein kleiner Bissen davon würde reichen, das roch ich sofort, um loszukotzen. Wir murmelten schnell etwas von „Business", stellten unsere Tellerchen ab und traten vor die Tür. Ohne die Styroporplatten versanken wir sofort knietief in der ekelhaften Soße, in die wir schnell unser Bier kippten. Schon stand der Gastgeber hinter uns. „Plastikteile, metertief im Wasser." Er lächelte. „Wir sind Müllpiraten. Wir leben auf Müll, mit Müll, von Müll …"

„Und esst Müll", lallte Zeb von drinnen. Das Bier war wohl hochprozentig.

Ohne zu lächeln, sagte unser Gastgeber: „Eins-A-Schweinefüße."

In diesem Moment ließ uns ein gewaltiger Knall zusammenzucken. Er kam aus Richtung der Anlegestelle. Der Mann wandte sich sofort von uns ab und lief auf seinen Schuhen los. Ich wollte hinterher, doch Tatjana hielt mich zurück. „Zum Hubschrauber! Die haben nicht mit einer Sprengfalle am Boot gerechnet." Wir stapften los, erreichten den Hubschrauber. Tatjana sprang hinein, zog mich und Dima nach, startete den Motor, der Rotor lärmte, wir hoben ab. Offensichtlich konnte sie so ein Ding fliegen.

„Was ist mit den Unsrigen?"

„Ach, die kommen schon zurecht."

Ich sah Zeb und Bubbele aus der Hütte wanken, sie lachten und warfen uns Kusshände nach, so als sei das Ganze ein Scherz. Dann erst merkten sie, dass wir sie zurückließen. Ich sah noch, wie Bubbele betrunken mit seiner Zwille hantierte, dann aber ins Wasser plumpste. Jetzt flogen wir über die Anlegestelle. In der Nähe des kaum beschädigten Boots lagen ein paar Leute herum. Unser Gastgeber begann, mit einer Waffe auf uns zu schießen. Tatjana zog eine Pistole hervor, positionierte den Hubschrauber so, dass sie freie Schussbahn hatte und erschoss den Mann.

Ich schaute fassungslos zu ihr hinüber: Völlig ruhig steckte sie ihre Waffe weg und konzentrierte sich auf das Fliegen. Nun erst sah ich, dass von überallher Müllinselbewohner in Richtung Anlegestelle patschten.

„Wir können die zwei doch nicht einfach hierlassen!", schrie ich.

Tatjanas Züge wirkten hart, ihre Sonnenbrille spiegelte meinen verzerrten Kopf wider.

„Okay", sagte sie schleppend. „Helfen wir ihnen ein bisschen." Sie machte einen eleganten Schlenker zurück und ging in den Tiefflug. Mir blieb die Luft weg. „Schnappt euch die Kufen!", schrie sie den beiden Gestalten unter uns zu. Zeb und Bubbele klammerten sich fest und der Hubschrauber schleppte die beiden zum Boot. Bubbele stemmte sich hoch und wollte in die Kabine klettern, doch Tatjana trat ihm hart auf die

Finger, so dass er wieder losließ und auf die Kufe zurücksackte. Gleichzeitig, ich verstand gar nicht, wie sie das schaffte, wickelte sie einen Schlüsselbund in ein Stück Stoff ein, das sie irgendwo abgerissen hatte. Dann schlenkerte sie so mit dem Hubschrauber, dass Zeb und Bubbele ins tiefe Wasser neben dem Boot fielen. Sie warf ihnen das kleine Paket zu, rief „Nehmt das Boot!" und flog los. Ein paar Schüsse durchschlugen die Hülle des Hubschraubers von unten, knallten über uns an die Innenwand und fielen herab. Ich sah zurück: Die zwei legten ab und das Boot beschleunigte. Eine Zeitlang schienen sie uns zu verfolgen, gaben dann aber auf.

Tatjana reichte Dima und mir Kopfhörer mit Sprechfunk. Endlich war der Lärm der Rotorflügel gedämpft. „Wohin fliegen wir?", fragte ich nach einer Weile.

„Weg von diesem Scheißwasser. Nach Südwesten, Richtung Xi'an. Wohin sonst? Deine Mutter wurde doch dahin verschleppt."

Dimas Vater hatte ihr das wohl gesagt. „Warum werden wir nicht verfolgt?", wunderte Dima sich.

„Die kommen noch", meinte Tatjana.

Kurz darauf hatte Dima einen Redeflash. Er erzählte plötzlich von Songwriter-Paaren und versuchte mir zu erklären, wie Musiker vor über hundert Jahren gearbeitet hatten. „Weißt du, die Inspiration kommt, wann und wo sie will. Vor einem Drugstore auf dem Sunset Boulevard in LA, an einem regnerischen Tag in Manchester, während des Besuchs bei einer berühmten Sängerin in Paris. Da verliebt sich zum Beispiel der junger Chansonschreiber in diese rätselhafte Berühmtheit, - dunkler Pagenschnitt, helles Gesicht, wie ein Blütenblatt an einem nassen schwarzen Zweig -, setzt sich noch in derselben Nacht zuhause ans Klavier, denkt an einen Tanzstil aus Indonesien und schreibt bis zum Morgen ein traumhaft melancholisches Chanson. La Javanaise."

„Von wem redest du?"

„Der Name fällt mir grad nicht ein", sagte er und sang mir etwas vor.

„Leider kann ich kaum Französisch, klingt aber schön", meinte ich, machte mir aber Sorgen, dass Dima einen Hitzekoller hatte.

Einige Stunden später sagte Tatjana, dass unter uns tief im Wasser Millionen von Häusern stünden. „Hier war mal Peking."

Irgendwann nickten wir ein.

Als wir aufwachten, war endlich kein Wasser mehr unter uns. Braune Hügel zogen sich unter uns hin. Je weiter wir flogen, desto ausgetrockneter wurde das Land. Breite Risse liefen durch den Erdboden, der wie gebackener Lehm aussah. Rötliche Staubwolken fegten übers Land, bildeten seltsame Formen, hüllten uns ein. Dann biss Sand in unsere Augen, Nasen, Münder, den wir nur schwer wieder loswurden. Tatjana schien das alles nichts auszumachen. Wenn sich die Luft wieder geklärt hatte und ich zu ihr hinüberschaute, saß sie genauso konzentriert da wie vorher. Fasziniert sah ich auf ihren langen muskulösen Körper. Hatte sie so ausgesehen, als wir uns zum ersten Mal begegnet waren? Nun wirkte sie irgendwie männlich, erinnerte mich mit ihrer Pilotenbrille und dem leicht vorgeschobenen Unterkiefer aber auch an ein Insekt.

„Wir haben wohl einen Nerv bei denen da oben getroffen mit unserem Auftritt", sagte Dima irgendwann. „Die haben so hart reagiert." Er dachte nach. „Eigentlich Wahnsinn, in die Höhle des Löwen zu gehen."

Ich schwieg bedrückt. Dann fragte ich, ob sie das nur meinetwegen täten.

„Es war höchste Zeit, dass etwas passierte", meinte Dima. „Du bist ein Katalysator. Das wär übrigens ein guter Name für uns. – Bestimmt hat Jewgenij es inzwischen geschafft, Videoschnipsel vom Konzert ins Netz zu schmuggeln. Je bekannter wir sind, desto schwieriger wird es für sie, uns auszuschalten."

„Gibt's denn doch noch ein Netz?"

„Na, für die oberen Zehntausend schon. Und für die Hacker auch. – Komm, lass uns ein paar Ideen für weitere Songs entwickeln."

Ich wunderte mich über Dimas Energie. Er stellte mir ein paar seiner Einfälle vor, aber ich war nicht so recht bei der Sache. Durchs Plexiglas sah ich auf die Steppe hinunter und versank in düstere Gedanken. Da sah ich in der Ferne unten auf der Erde etwas Weißes leuchten. Als wir näherkamen, erkannte ich, dass es Hunderte großer Skelette waren, wahrscheinlich Büffel. Hier musste eine ganze Büffelherde verdurstet sein. Oder hatten Jäger sie einfach von Hubschraubern aus abgeschossen und liegengelassen?

„Wir brauchen Sprit", knurrte Tatjana. „Und da ist ne Tanke. Wir gehen gleich runter."

Dima und ich sahen nichts. Es stellte sich heraus, dass das kleine Areal noch einige Kilometer entfernt von uns gewesen war. Wir wunderten uns, dass Tatjana es hatte sehen können.

„Das wird ein Überfall. Haltet euch fest!" Im selben Moment ließ sie den Hubschrauber so schnell absacken, dass uns schlecht wurde, und setzte rau neben der Tankapparatur auf. Dann ging alles ganz schnell. Ein Mann lief aus dem Häuschen, da war Tatjana schon ganz nah bei ihm und sprang ihn wie eine große Katze an. Sie begrub ihn unter sich, durch eine Staubwolke sahen wir, dass sie ihn würgte. Jetzt brach sie ihm mit einem Schlag die Nase, fragte ihn etwas. Wir waren schockiert, wie brutal sie war. Der Mann verriet ihr etwas, das sie brauchte, und sie schlug ihm sehr hart auf die Schläfe, so dass reglos liegen blieb. Sie sprang auf und lief federnd zur Tankvorrichtung, gab einen Code ein. Das reichte nicht. Sie lief zurück, schleifte den Bewusstlosen zur Säule, weckte ihn mit Ohrfeigen und zwang ihn etwas in ein Mikrophon zu sprechen. Während die Maschinerie hochfuhr, schlug sie ihn mit einem Kinnhaken wieder bewusstlos. Dann schleuderte sie uns das Schlauchende zu, gab uns Anweisungen, wo der Stutzen eingeführt werden musste, fluchte, weil wir uns ungeschickt anstellten, ließ dann die Pumpe pumpen.

Dima und mir lief der Schweiß in großen Rinnsalen am Körper hinab, durchnässte unsere Klamotten. Wir sahen aus, als bluteten wir. Das war der rote Staub, der an uns klebte, verschmierte. Tatjana war inzwischen mit langen Schritten über den grellen Beton gelaufen, im Häuschen verschwunden und kam mit vier Gallonen Wasser beladen wieder heraus. Sie gab uns ein Zeichen, auch Wasser zu holen. Wir liefen über die heiße Fläche. Dima verknackste sich den Knöchel und humpelte. Die Hitze flimmerte. Mir wurde schwindelig, ich schnappte nach Luft, lehnte mich im Schatten an die Wand, bewunderte Tatjanas Fitness. Während es mir mit großer Mühe gelang, zwei Gallonen Wasser aus dem stinkenden Kabuff zu schleppen, trug Tatjana eingeschweißte Nahrungsmittel zum Hubschrauber, füllte ein paar Kanister mit Sprit und schüttete uns Wasser über unsere dampfenden Köpfe. „Weicheier", hörte ich sie dabei murmeln. Die Sonnenstrahlung war einfach zu stark. Dima lallte nur „Inferno, Inferno, Inferno. Wir werden gegrillt." Tatjana zog ihn in den Hubschrauber. Ich kletterte hinterher, da startete sie schon und der Hubschrauber schoss steil nach oben. Niemand formierte sich auf der staubigen Straße, keine Kugel flog uns nach.

Auf Tatjanas Befehl schüttete ich Dima Wasser über den Kopf. Wir waren beide völlig erschöpft und schliefen bald ein. Immer wenn wir kurz aufwachten, sahen wir Tatjana entspannt am Steuer sitzen. Sie flog die Nacht durch.

Als der Hubschrauber aufsetzte, wurden wir wach. Es war Nacht. Tatjana streckte sich, ihre nackten Schultern glänzten im Mondlicht. Ein heißer Wind wehte. Es roch nach Steinen, die die Hitze des Tages abstrahlten. Wir standen am Rand eines Hochplateaus und sahen in die Ebene hinunter. In der Ferne glitzerten Lichter.

„Wo sind wir?", fragte ich.

„Auf dem Berg Li. Über tausend Meter hoch. Die Lichter dort im Westen gehören zu Xi'an. Hatte mal sechs Millionen Einwohner, jetzt weniger."

„Warum hat sich Swerdkov denn ausgerechnet diese Stadt ausgesucht?" Dima schaute Tatjana an, die Dehnübungen machte.

„Er bewundert die Chinesen. Vor allem im Vergleich zu den versoffenen Russen. Peking ist abgesoffen und im alten China war Xi'an immerhin mal lange Hauptstadt, vor zweieinhalbtausend Jahren."

„Versteh ich immer noch nicht ganz", meinte Dima.

„Mensch, das Übliche! Expansion! Mehr Möglichkeiten, mehr Macht. Sibirien taut auf, stinkt, die Sonne scheint nie …"

„Aber hier viel zu viel."

„In der Nacht ists aber angenehm." Tatjana hob die Arme, so dass ihr der Nachtwind unter die Achseln wehte. Sie wirkte wie die Figur in einem Animé. Ihre blonden Haare schlugen ihr rhythmisch ins Gesicht. Sie lächelte. „Und es gibt keine Mücken."

„Was sollte denn meine Mutter hier?"

„Wer weiß? Das wollen wir ja rausfinden. Hier jedenfalls im Berg Li hat man bis vor ein paar Jahren Jade abgebaut. Aber …"

Tatjana wandte sich mir zu und in ihren Augen spiegelte sich der Mond. „Aber vielleicht ist sie ja auch sofort erschossen worden", sagte sie langsam. In ihrem Gesicht lag ein grausamer Zug.

Ich drehte mich wortlos um und ging bis zum Rand des Plateaus. Vielleicht hatte meine Mutter genau hier auch einmal gestanden und auf die Lichter geschaut.

Dima kam zu mir und legte mir einen Arm um die Schulter. „Sie meint es nicht so."

„Doch", sagte ich. „Aber ich weiß nicht, warum."

„Ohne sie wären wir nicht hier."

„Ich hab mit ihr geschlafen."

„Was?" Dima war schockiert und sagte nichts.

Grillen zirpten. Alles wirkte friedlich. Plötzlich, als hätte sie sich angeschlichen, stand Tatjana neben mir. „Tut mir leid", sagte sie, und ich merkte, wie schwer es ihr fiel, das zu sagen. Im Geschäftston fügte sie hinzu: „Wir müssen die Nacht nutzen, bald geht hier der Scheißgrill wieder an."

Ich hatte mit einem Mal die Vision, hier in den Bergen zu bleiben. Ich würde eine kleine Hütte bauen und nach den Spuren meiner Mutter suchen. Hier war etwas, das fühlte ich.

„Vielleicht finden wir Hinweise in der Stadt", sagte sie.

„Ist Swerdkov in Xi'an?", fragte Dima.

„Keine Ahnung."

„Sonst weißt du doch alles."

Tatjana ging zum Hubschrauber. „Lasst uns die Lage sondieren."

Eine halbe Stunde später betraten wir durch einen Tunnel, der unter der alten Stadtmauer verlief, die wegen der extremen Strahlung tagsüber fast vollständig überdachte Stadt. Wir befanden uns sofort in einer riesigen Vergnügungsmaschinerie: 2D- und 3D-Projektionen, Live-Shows, Achterbahnen, Schießstände, an denen man mit den modernsten Waffen schießen konnte, - das Entertainment-Programm lief auf vollen Touren. Wir ließen uns ein wenig treiben. Jetzt, kurz vor dem Morgengrauen, war die Stadt nicht mehr so voller umherlaufender Menschen wie um Mitternacht, vermutete ich. Viele hatten sich sicher schon in ihre tief unter der Erde liegenden Wohnungen zurückgezogen, um zu schlafen. Mir fiel auf, dass die Menschen, die uns entgegenkamen, alle sehr gepflegt aussahen und sich amüsierten. Sie lachten viel. Es waren nicht nur Chinesen, sondern es war ein internationales Publikum. Arme, Kranke, Drogensüchtige sah ich überhaupt nicht. Die Shows schienen alle kostenlos zu sein.

Tatjana kaufte ein paar Klamotten. Kurz darauf zeigte sie auf eine Reihe öffentlicher Nasszellen. „Kommt, wir stinken. Rein da!"

Fünfzehn Minuten später traten wir wieder auf den Flanierweg.

„Setzt die Käppis auf, verdammte Scheiße", fluchte sie, als sie uns sah. „Tief ins Gesicht ziehen, ihr werdet gesucht."

Wir taten, was sie sagte, und gingen weiter, kamen an einer unglaublich lauten, von der Musik erzitternden und von zuckenden Lasern bestrahlten Diskothek vorbei. Dima gefiel die Musik, er machte ein paar Tanzschritte, aber das Lächeln in seinem Gesicht erstarb, als sein Blick auf eine halb unter der Erde liegende, kleine Arena fiel. Dort, das war das Ungeheuerliche, kämpfte ein Mann im Abendanzug gegen einen Tiger, völlig unbewaffnet. Dabei wirkte er sehr entspannt, so als tue er dies zum eigenen Vergnügen. Nur ein paar wenige Zuschauer sahen zu, wahrscheinlich Freunde, mit denen er durch die Stadt gezogen war. Jetzt sprang ihn der Tiger an. Doch der Mann reagierte so schnell, dass ich seine Ausweichbewegung gar nicht sah, er stand plötzlich mit dem Rücken zu uns und schaute auf das brüllende, sich windende Raubtier. Offenbar hatte er ihm seinen Kugelschreiber in ein Auge gerammt. Der Geruch des Tigers wurde von Ventilatoren ins Publikum geweht. Rasend attackierte das Tier erneut, doch der völlig gelassene Mann hielt danach wie von Zauberhand das andere Auge des Tigers in der Hand. Eine Art Fanfare wurde eingespielt. „Eye of the tiger", hörte ich.

„Er hat das Fehlen des räumlichen Sehvermögens ausgenutzt", sagte Tatjana anerkennend.

Das blinde Tier war plötzlich still, es lauschte. Der Mann im Anzug täuschte es, indem er seine Armbanduhr ein paar Meter neben sich auf den Boden warf. Als die Raubkatze geduckt an ihm vorüberschoss, sprang er ihr an den Hals, biss die Schlagader durch, wich dabei geschickt den Prankenhieben des Tigers aus und sprang zurück. Vom Publikum kam etwas müdes Klatschen. Der Mann ging zu einem Waschbecken, wusch sich das Gesicht, wischte sich noch etwas Blut vom verschmierten Mund ab, setzte sich zu seinen Freunden hinter die Plexiglaswand und schaute zusammen mit ihnen dem Tiger bei seinem Todeskampf zu. Als es vorbei war, zog die Abendgesellschaft weiter.

Nun klappte der Arenaboden hinunter, der Sand und die Tigerleiche fielen hinab, wir hörten Wasser mit hohem Druck auf den Metallboden trommeln, eine Tropfenwolke stäubte aus der Tiefe des Runds herauf. Ein wenig Raubtiergestank schwebte noch in der Luft.

„Jetzt gehen sie die Hoden essen", kommentierte Tatjana grinsend.

Ich stand noch unter dem Schock dessen, was ich da mitangesehen hatte. Und nun dieser verrohte Kommentar Tatjanas. „Gefällt dir das etwa?"

„Der Mann hat noch einiges vor." Wieder grinste sie. „Ist halt so." Sie zuckte mit den Schultern. Im Licht einer Neonlaterne sah ich, dass sie eine Gänsehaut hatte.

„Du bist zum Kotzen", sagte ich.

Dima nahm mich beiseite, während Tatjana weiterschlenderte. „Das sind eben die Vergnügungen der Elite."

„Was soll das?"

„Na, man zeigt, was man draufhat. Früher hauten die Deppen bei Volksfesten gegen eine Boxerbirne, heute kämpft der Top-Manager gegen Tiger. So ist das eben."

„Aber wie konnte er das schaffen?"

Dima sah mich verwundert an und Tatjana, die das gehört haben musste, flötete: „Süß, unser Hinterwäldler!"

„Hat dir denn noch niemand von den Sticks erzählt?",
fragte Dima.

„Doch, aber …"

„Du hast es nicht kapiert. Die Reichen – und die Leute,
die du hier siehst, sind alle superreich, denn nur sie
können es sich leisten, hier zu leben, wir anderen saufen
ab. Also, die Reichen …"

Tatjana gähnte im Hintergrund theatralisch.

Jetzt wurde Dima auf sie sauer. „Was ist denn eigentlich
mit dir los? Schiebst du dir auch dauernd verschiedene
Sticks ins Hirn?"

„Na und? Was ist schon dabei? Macht doch hier jeder.
Und wenn ich eine toughe Pilotin sein will, werde ich
eben eine. Was ist daran schlimm? Ich hab euch hier
hergeflogen, schon vergessen?"

„Du bist also so ein Super-Luxusgirl. Hab ich mir schon
die ganze Zeit gedacht."

„Das war doch von Anfang an klar. Wie hätte ich euch
sonst so gut helfen können?"

„Wovon redet ihr? Was machen diese Sticks denn
genau?", fragte ich.

Dima machte eine abfällige Bewegung Richtung
Tatjana. „Jetzt gerade hat sie den Stick irgendeiner
Partytusse im Kopf. Vielleicht findet sie das
entspannend."

Schweigend gingen wir weiter und kamen an einem Live-Sexclub vorbei. Hier hatten Paare vor aller Augen in offenen Separees Sex. Tatjana sah interessiert hin. Ich wandte den Blick zu Boden, aber dort wurden die Vorgänge in Nahaufnahmen projiziert.

„Gibt es auch Tiergehirn-Sticks?", fragte ich.

„Klar", sagte Tatjana. „Aber da bist du dann natürlich ziemlich eingeschränkt. Kannst nicht sprechen, nicht klar denken … Aber so als Erfahrung … Nashornbulle ist ziemlich beliebt. Der da …", sie tippte mit ihrer Fußspitze auf einen der Live-Mitschnitte vor sich.

Wir gingen weiter.

„Habt ihr auch so'n Kohldampf?", fragte Tatjana. „Da drüben ist'n China-Nudelhaus."

Wir näherten uns einer wandlosen Pagode.

„Der Laden sieht gut aus. Falls euch die zwei da nicht stören. Sind Abenteuertypen, im Fliegenmodus, so Ulkige gibt's ja auch", meinte Tatjana schmunzelnd. Sie guckte zu zwei Männern hinüber, die dort an einem Tisch saßen. Beide hatten je eine große Schüssel mit Essen vor sich stehen. Nun griffen sie sich schwarz behaarte Plastikbehälter und spritzten eine Flüssigkeit auf das Essen. Das warf sofort blubbernde Blasen und wurde zu einem dünnen Brei, den jeder von ihnen gierig mit einem dicken schwarz behaarten Strohhalm aufsaugte.

Tatjana knuffte mich aufmunternd in die Seite. „Ist doch alles nicht so schlimm. Da gibt's Krasseres, glaub mir."

Während wir kurz darauf eine Nudelsuppe aßen, meinte Dima zwischen zwei Schlürfern, er würde diese Sticks gern mal ausprobieren.

Ich schaute ihn erstaunt an, denn für mich kam das gar nicht in Frage.

„Ist nicht so einfach", antwortete Tatjana schmatzend. „Du brauchst ne Operation für den Port, die ist sehr teuer, und die Sticks sind auch nicht gerade billig."

„Wo lässt man das denn machen?", fragte Dima.

„Woher soll ich das denn wissen?", grunzte die schaufelnde Tatjana. Vom Society-Girl schien nichts mehr übrig geblieben zu sein.

„Aber du hast doch gesagt, dass du …"

„Nichts hab ich gesagt", unterbrach Tatjana ihn und kämpfte gegen einen Rülpser. „Ich tu doch einfach nur so, zum Vergnügen, bin richtig gut da drin, kanns nur manchmal schlecht kontrollieren, hab zuviel Spaß dran."

„Aber das Hubschrauberfliegen …"

„Flugschein." Sie seufzte genervt. „Okay, ich komm zwar aus einer reichen Familie, aber die geht mir am Arsch vorbei – und jetzt Schluss mit der Fragestunde! Ich brauch was Richtiges zu trinken …"

Offenbar hatte sie jetzt ganz auf Saufkumpel umgeschaltet.

„Was ist denn mit Informationen zu meiner Mutter?"

Sie stöhnte auf. „Da kommt der wieder! - Okay, sauf ich halt unterwegs was."

Draußen ging die Sonne auf, wir sahen kurz auf den orangenen Feuerball, dann fuhren dunkel getönte Wände hoch, dichteten offenbar die ganze Stadt ab. Gleichzeitig begannen gewaltige Klimaanlagen zu rauschen, bliesen eiskalte, metallen riechende Luft durch den Komplex, der plötzlich eine gigantische Mall war.

Tatjana, die doch nichts trank – „kann ja auch so tun, als ob, ha!" - führte uns gähnend in eine große etwa fünfzig Meter hohe Halle., an deren Wand das Foto Swerdkovs projiziert war. Sie wandte sich ab und massierte ihre Schläfen. „Von der Visage krieg ich Kopfschmerzen."

„Jemand wie Jewgenij könnte vielleicht das ganze System einer solchen Stadt ins Chaos stürzen ...", dachte Dima laut.

„Und was wäre damit gewonnen?", fragte Tatjana ihn. „Wir brauchen einen Gegenentwurf zu seiner Welt. – Schaut mal", sie drehte mich in ihre Blickrichtung. „Ihr habts mit eurem Konzert in die Novesti geschafft."

Auf der gegenüberliegenden Projektionsfläche sahen wir uns, allerdings ohne die Musik, dafür mit der Schlagzeile ‚Gefährliche Radikale – Ivan Oblakov und

Dmitrij Zhdanin - 10.000 Rubel Belohnung für Hinweise, die zu ihrer Festnahme führen.'

„Scheiße", sagte Dima.

„Jetzt seid ihr berühmt", kommentierte Tatjana. Sie manövrierte uns in eine dunklere Ecke. „Zum Glück ist kaum jemand auf den Beinen. Ich erkundige mich da drüben in der Verwaltung nach deiner Mutter und ihr bleibt einfach hier."

Wir sahen ihr nach, bis sie in einem der drei Eingänge am Ende der Halle verschwand. Dann warteten wir. Selbst durch die getönten Scheiben blendete die Sonne uns. „Ist die hässlich", sagte Dima. „Sieht aus wie so ein grauer, haariger Ball, den eine Katze herauswürgt."

„Oder ein riesenhaft aufgeblähtes Virus."

Hitzestrahlung drang trotz der Abschirmung zu uns, so dass wir die Augen zusammenkneifen mussten.

„Übel", meinte Dima. „Nur Tardigrades werden die ganze Scheiße hier überleben."

„Wer?"

„Bärtierchen. Die fallen in einen Schlaf und können dann jahrelang Temperaturen von minus 200 bis plus 150 Grad aushalten."

„Stark. – Sag mal, würdest du das echt mit den Sticks ausprobieren?"

„Ja, interessiert mich. Ich würd auch eine Kopie meines Hirns erstellen lassen, auf einen Stick ziehen und dann zum Beispiel in den Körper einer Frau schlüpfen. Was man da für Erkenntnisse gewinnen kann."

„Bu!", erschreckte uns Tatjana, die lautlos von hinten an uns herangetreten war. „Bù hâo, schlecht, ihr quatscht zuviel. Die Wände hier haben Ohren."

„Wo kommst du denn plötzlich her."

„Die Wände hier sind zwar völlig glatt, haben aber alle versteckte Türen. Ein falsches Wort und zack! ist jemand abgeführt und man sieht ihn nie wieder. Aber ihr habt Glück. Die großen Säuberungen sind vorbei."

„Und? Etwas über meine Mutter?"

„Nee, ich hab nichts über sie gefunden."

Ich dachte an meinen Vater, Onkel, an all die Toten, an Lesja und an die Hässlichkeit der Welt, die überall ihre Fratze zeigte, und dann an alles, was ich hinter mir gelassen hatte, Polja, den Schnee, die kalte Luft …

„Aber …", sagte sie dann, „in den Datensätzen gibt's Löschspuren. Also kann sie doch hier gewesen sein."

Ich stellte mir vor, wie meine Mutter nach Jade grub, wie ihre abgebrochenen Fingernägel im Bergwerk über Stein kratzten, wie sie stinkenden Fraß herunterschlang, wie sie bestraft wurde, wie sie Schmerzen aushielt, von Läusen zerbissen wurde, wie sie versuchte, die Hoffnung nicht zu verlieren, für mich und meinen Vater hoffte, wie sie an uns dachte und weinte …

„Was grübelst du?" Tatjana zog mich mit sich. „Hier ist es zu gefährlich."

„Können wir weitersuchen?"

„Ich muss schlafen. Nehm mir ein Zimmer und schmuggle euch dann zu mir rein. Lasst mir ein kleines bisschen Zeit."

Wir standen an einem erhöhten Aussichtspunkt und konnten von dort die Stadt, die nun im gleißenden Sonnenlicht lag, überblicken. Ein kleiner Teil der Stadt lag unter einer glänzenden, dunklen Glasglocke, die Hitze und Strahlung abschirmte. Der Rest bestand aus Ruinen mit eingeschlagenen Etagen, durchbrochenen Wänden, wir sahen einige Panzer, die in Hochhäuser hineinfeuerten, so dass diese zusammenstürzten. Wir hörten aber den Lärm nicht. Extreme Dämmung.

„Im Rest der Stadt darf sich wohl die Elite gegen Geld austoben, mal Soldat spielen ...", meinte Dima.

Plötzlich tauchte Tatjana am Ende der Halle auf. Sie winkte uns zu sich.

„Können wir nicht doch noch irgendwo weitersuchen?", fragte ich.

„Jetzt nicht, Dummerchen? – Folgt mir!"

Wütend über ihre herablassende Art lief ich hinter ihr her.

Nach etwa einem halben Kilometer blieb sie in der Nähe eines pink blinkenden Quaders stehen.

„- Gostinitsa NIZZA -", las Dima, „Scheiß-Wortspiel."

„Überall Kameras, überall Wanzen." Tatjana zog ein Gerät aus ihrer Tasche. „Die kann ich kurzzeitig ausschalten. Drinnen müsst ihr schweigen."

Wir gingen hinein wie normale Gäste. Niemand war zu sehen, niemand hielt uns auf. Aber das hieß ja nichts.

Im Zimmer mussten wir uns sofort in voller Montur unter die Bettdecken legen und durften uns nicht rühren. Tatjana ließ die Shutters herunter, so dass absolute Dunkelheit im Zimmer herrschte. Wir schlugen die Decken zurück, zogen uns nicht aus.

„So, ich hab das Grundrauschen des Systems erhöht. Wir können flüstern."

„Ich leg mich ins Bad", sagte Dima leise. Hier ist viel zu wenig Platz."

Er nahm eine Decke mit und ging. Die Badezimmertür klappte. Ich sah in die völlige Schwärze und dachte an den Berg Li. Dort hatte ich etwas gespürt. Dort würde ich suchen. Tatjana konnte mich mal.

Sie gab mir von ihrer Decke ab. Wir berührten uns nicht, aber ich fühlte die Wärme ihres Körpers.

„Erzähl mir etwas", flüsterte sie plötzlich. Ihre Stimme klang müde und weich. Ich schloss die Augen, sah seltsame Lichter und wusste plötzlich, dass ich ihr von meiner Begegnung mit dem Bären erzählen wollte. Ich fing an, mit leiser Stimme zu erzählen, und als ich bei der Stelle war, als ich in die Höhle stürzte, legte Tatjana ihre Hand auf meine Brust. Als ich zum Schluss gekommen war, sagte sie etwas spöttisch, das sei ja eine Antigeschichte gewesen. Ich widersprach und sie fing an, mit mir zu rangeln. Plötzlich war ihr Mund an meinem Ohr. Sie hauchte, dass ich ganz verspannt sei. „Dreh dich auf den Bauch. Ich massier dir den Nacken." Sie setzte sich rittlings auf mich und strich mir mit ihren großen kräftigen Händen über Schultern und Nacken. Das fühlte sich gut an. Es war, als bekäme ich Streicheleinheiten. Ich konnte mich nicht erinnern, schon einmal gestreichelt worden zu sein.

Nun aber arbeitete sie sich nach unten, massierte mir den Rücken bis hinab zu den Lenden. Ich protestierte nur halbherzig, denn es tat gut. Nun legte sie sich auf mich, biss mir leicht in den Oberarm, ihre Finger gruben sich in meinen Oberkörper und fanden meine Brustwarzen. Ich war erstaunt, wie hart sie wurden.

Sie drehte mich um und ich überließ mich ihr. Ich hörte auf, mich zu fragen, ob es gut sei, was ich da machte. Ich hörte überhaupt auf, mir irgendwelche Fragen zu stellen.

Weil es völlig dunkel war, wusste ich nicht, wieviel Zeit vergangen war, als ich aufwachte. Ich schmiegte mich an Tatjanas warmen Körper.

„Lass mich noch ein bisschen schlafen", murmelte sie.

Ich stand auf, weil ich ins Bad musste, klopfte an die Tür, öffnete sie, Dima war weg.

Schnell standen wir auf und verließen das Hotel. Wie sollten wir ihn finden?

„Komm, mein Männchen. Wir essen erstmal was." Sie wirkte verwandelt, sah mich verliebt an, küsste mich. Ich versank im Blick ihrer Augen. „Gleich hier gegenüber vom Hotel. Bestimmt kommt Dima hierher zurück."

Wir aßen Sushi. Fütterten uns gegenseitig. Fühlten uns als Paar. Alles andere war im Moment nicht so wichtig.

Dima tauchte nicht auf, also streiften wir durch die Stadt und suchten ihn. Zwischendurch gingen wir in ein Love-Hotel und liebten uns - wieder leise und in völliger Dunkelheit.

So vergingen ein paar Tage. Manchmal dachte ich an meinen Plan, die Suche nach meiner Mutter auf dem Berg Li fortzusetzen, aber das Leben mit Tatjana war aufregend. Dima blieb wie vom Erdboden verschluckt.

Dann waren wir auf eine Party eingeladen. Ich weiß nicht, woher Tatjana den Gastgeber kannte. Sicher war sie nicht zum ersten Mal in Xi'an. Sie meinte, ich müsse mich verkleiden und ging auf einen Shopping-Trip. Gut gelaunt kam sie mit einem künstlichen Bart, einer Fensterglasbrille und einer Mütze für mich wieder. Ich hatte unter einem großen Baum mit wunderbar grünen Blättern gewartet. Erst als ich ihn irgendwann angefasst hatte, hatte ich gemerkt, dass er künstlich war.

Wir waren auf dem Weg zur Party, als plötzlich Dima auf uns zutrat. Er begrüßte uns kühl. „Hab ein paar Musiker getroffen", sagte er nur kurz und zu Tatjana gewandt: „Lässt du mich mal allein mit Wanja sprechen?" Beleidigt ging sie weiter und verschwand um eine Ecke. Ich verstand sie und machte Dima Vorwürfe.

„Merkst du nicht, was sie mit dir macht?", zischte er. „Was ist mit deinem Ziel? Das ist doch alles nur Ablenkung!"

Seine Heftigkeit überraschte mich. Mir fiel auf, dass er elend aussah. „Wie geht's dir?"

„Interessiert nicht", winkte er ab. „Du musst weitersuchen und du musst Musik machen!" Dann ging er einfach.

Ich lief in die Richtung, in der Tatjana verschwunden war. Zwei Kreuzungen weiter trat sie aus dem Dunkel eines Eingangs. „Was wollte er?"

„Nichts Besonderes", log ich. „Er will Musik mit mir machen." Ich wollte sie küssen, aber sie wich mir aus. Sie schien verstimmt zu sein, klebte mir schnell den Bart an und wir versanken mit einem Lift im Boden. Laute Musik wies uns den Weg. Am Eingang zur dunklen Wohnung waberten uns verbrauchte Luft entgegen. Der Gastgeber nickte Tatjana nur zu und wies auf eine quarzene Regalwand, in der Glassticks lagen. Tatjana nahm einige in die Hand und überflog die Etiketten. „Du könntest dir schnell einen Slot legen lassen."

Ich schüttelte den Kopf. „Später mal - vielleicht."

„Du Langweiler." Sie ließ mich stehen, tauchte in die Menge ein. Ich ging ratlos weiter. In einem Raum, an dem ich vorbeikam, sah ich einen breiten tiefen schwarzen Schacht. Dort hinein sprangen die Gäste mit kleinen Fallschirmen, ich hörte sie vor Erregung schreien.

Kurz darauf kam ich an einer Art Retro-Disko vorbei. Ein elektronischer Song, der aus einem sehr schnellen und sehr hohen Piepen und einem vibrierenden Bass bestand, ging zu Ende. Nun lief einer unserer Songs. Tanzende begannen, sich im Rhythmus der Musik anzuspringen. War es das, was Dima und ich gewollt hatten? Da brach die Musik plötzlich ab. Zwei Männer hatten den DJ gepackt und führten ihn weg. „Wir sind doch alle keine Menschen mehr!", hörten wir ihn noch schreien. Da zog ihm einer der Männer den gläsernen Stick aus dem Kopf, während der andere ihn festhielt. Der DJ verstummte sofort, sackte in sich zusammen und wurde fortgeschleift.

„Selber schuld. So einen Song zu spielen. Den Vogel schreddern sie jetzt", hörte ich jemanden neben mir sagen. Ein geschniegelter Typ. Aber das waren ja alle hier.

„Und verfüttern ihn an die Kois von S.", meinte ein anderer lächelnd.

„Non, il brûle sans laisser de traces."

„Warum sprichst du so komisch?"

Der Gefragte griff sich an den Kopf und drückte in der Nähe seines Slots herum: „Je le fais? Peut-être le stick …“

Ich flüchtete, bewegte mich schnell in die Richtung, in der ich den Ausgang aus diesem Bau vermutete. Aus einem Raum drang der Geruch verschiedener Parfüms. Im Vorübergehen sah ich im Halbdunkel ein Gewimmel sich windender nackter Körper.

Plötzlich umarmte mich Tatjana von hinten. Sie roch auch nach Parfüm und rief mir ins Ohr, sie habe einen Termin bei einem Neurochirurgen für mich gemacht, sofort, ganz in der Nähe. „Du bist der einzige ohne Slot hier, das bringts nicht. Keine Sorge, ist alles Routine, du spürst nichts. Der Chirurg macht auch gleich eine Kopie deines Hirns. Stell dir vor, was wir dann machen können. Du könntest ich sein und ich du ...“ Sie schob mich in Richtung Ausgang. „Doktor Vremm. Fahr hoch, oben siehst du sofort die Werbung.“

Als ich dann oben auf der Kreuzung stand und nur noch leise das dumpfe Wummern im Untergrund hörte, war ich froh, allein zu sein. Ich sah die Hologramme, die Dr. Vremms Praxis anpriesen, wusste aber mit einem Mal, dass ich es nicht tun würde. So sehr ich mich nach Tatjanas Nähe sehnte, nach ihrem Mund, ihren weichen Lippen, ihrer Haut, so sehr ich wusste, dass ich mich damit von ihr entfernte, dass dies das Ende unserer Liebe wäre … Nein, ich würde mich nicht unters Messer dieses Doktors legen, nein, ich verzichtete auf die Möglichkeit, die Gehirne anderer zu haben, auszuprobieren, wie es war, ein anderer zu sein.

Ich trat unter eine Panoramakuppel und sah durch das Glas in den Nachthimmel hinauf, doch das Glas spiegelte nur mich und meine bunte Plastikumgebung. Ich wollte fort von hier, raus aus dieser Giga-Mall, aber ich musste es Tatjana sagen. Also fuhr ich mit dem Aufzug wieder in den Untergrund hinab.

Ich fand Tatjana in der Küche, wo sie große Tortenstücke verschlang. Sie schaute mich mit glitzernden Augen an, sicher hatte sie etwas genommen. Auf ihrer Oberlippe lag Erdbeermus. Ich wollte es ihr wegküssen, aber sie hielt mich zurück und fragte nur: „Und?"

„Ich überleg's mir noch."

Sie stand etwas schwankend auf, sagte „Ach, mach doch deinen Scheiß alleine" und ließ mich einfach stehen.

Als ich ein paar Minuten später halbherzig begann, sie zu suchen, konnte ich sie im Gewühl nicht finden.

Es dauerte eine halbe Stunde, bis ich sie in einer Ecke sah. Mir wurde schlecht: Sie knutschte mit jemandem.

„Was glotztn so?" fuhr der mich an.

Tatjana schien mich nicht zu erkennen, zog seinen Kopf wieder zu sich und sie knutschten weiter.

Ich wandte mich ab, drängte mich durch die Menge zum Ausgang, fuhr wieder hinauf, schlug dabei gegen die metallenen Wände des Aufzugs. Oben rannte ich suchend durch die Hallen, bis ich eine Tür fand, die sich nach draußen öffnen ließ. Es war kalt. Ich entfernte mich vom grellen Lichtkreis des Zentrums, lief eine halbe Stunde lang durch Ruinen. Es wurde immer kälter, so kalt, dass die Luft beim Einatmen schmerzte. Die Einöde begann.

Nach einer Weile schaute ich hinauf in die Schwärze. Neben dem Mond war ein sehr großes angestrahltes Objekt zu sehen, um das sich Tausende von Lichtpunkten bewegten. Das waren Roboter, die Hunderttausende von Metallplatten transportierten und zu einem gigantischen Sonnenschutzschild zusammenschweißten, das dann weit ins All hineingeschleppt werden würde.

Bilder verfolgten mich. Tatjana beim Sex mit dem Typen. Ich begann zu laufen, weiter und weiter, bis ich nicht mehr konnte. Schließlich erreichte ich erschöpft eine Schottertrasse, der ich langsam folgte. Dabei dachte ich wie im Fieber darüber nach, wie es weitergehen konnte mit uns. Ja. Nein. Ja. Nein … Ich lief weiter, obwohl mir alles weh tat. Polja, Polja, Polja. Ich hatte sie betrogen. Außerdem in Gefahr gebracht. Vielleicht war sie gefoltert und getötet worden.

Beinahe hätte mich ein nahezu lautloses Elektrofahrzeug von hinten überfahren. Jetzt verlangsamte es, der Fahrer stieg aus und kotzte auf die Piste. Ich fragte ihn nach dem Berg Li, und er drehte sich schwankend zu mir um. „Keine Ahnung", nuschelte er. „Komm." Er wankte zum Auto. Wir stiegen ein. Er legte die Hand auf einen Bildschirm, lallte „Zwischenstopp Berg Li" und sackte neben mir zusammen.

Der Mann schnarchte, als würde er gleich ersticken, und stank. Zum Glück hielt der Wagen schon bald, ich nahm eine Flasche Wasser aus der Bordbar und stieg aus. Die ersten Sonnenstrahlen färbten den Horizont rot. Ich stand am Fuß des Berges. Dort oben musste irgendwo das Plateau sein, auf dem wir vor einer Woche gelandet waren.

Ich begann, den Berg hinaufzusteigen. Überall sah man Spuren des Abbaus, Löcher, Halden. Einige kleine Jadesplitter glitzerten im grellen Sonnenlicht. Ich nahm sie an mich und dachte an meine Mutter, die hier hatte graben müssen, und an Tatjana, die ein Piercing aus Jade im Bauchnabel hatte. Es war sehr heiß, das Wasser war ausgetrunken. Plötzlich erschien mir mein Vorhaben unsinnig. Wie sollte ich hier eine Spur finden? Hier lebte niemand, alles war verbrannt. Es gab nichts als Schotter und Geröll. Hier war es schwer voranzukommen. In den Berg waren viele Schneisen gesprengt und gegraben worden, zum Teil so tief, dass ich nicht hinunterrutschen konnte, sondern lange Wege zurückgehen musste. Entkräftet ließ ich mich schließlich niedersinken. Aussichtslos, hier irgendetwas zu finden. Aber etwas, das Tatjana gesagt hatte, irgendwann in diesen Tagen, fiel mir wieder ein. Swerdkov lebe hier in der Nähe, dort, wo die Terrakotta-Armee ausgegraben worden sei.

Meine Haut an den Armen war inzwischen krebsrot und brannte. Mir war schwindlig, ich rutschte immer wieder weg, Staubwolken stiegen auf, Steine sprangen nach unten. Ich drehte mich nicht um, musterte den steilen Abhang vor mir auf der Suche nach einem schattigen

Unterschlupf und entdeckte seitwärts eine größere Höhlung. Um dorthin zu gelangen, musste ich aber auf einem schmalen Sims entlangbalancieren. Mit den Fingern versuchte ich mich in winzigen Spalten und Mulden festzuhaken, um Halt zu finden. Schließlich erreichte ich den Eingang der Höhle. Aus dem Dunkel drang das metallisch hohe Schnalzen von Fledermäusen und ich stellte mir die Massen hängender Körper vor. Ich setzte mich und sah in die flirrende Ebene hinaus. Eine Wüstenlandschaft, über die Rauch- und Staubwolken wehten. Auf einem Felsvorsprung unter mir sah ich ein verkohltes Tier. Was immer es war, ein Hamster oder etwas Ähnliches, es hatte dort nicht mehr wegklettern können. Und dann hatte die ungeheure Strahlung, wie in einem Brennspiegel verstärkt von den umgebenden rückstrahlenden Wänden, das Tier in Flammen gesetzt. Ein schwarzes Häuflein lag da, gekrümmt, die Beinstummel von sich gestreckt. Immer wieder wanderte mein Blick dorthin. Vielleicht würde jemand eines Tages mich hier finden. Ich musste mich in die Höhle zurückziehen, lehnte im Dunkel meinen Kopf zurück an den kühlen Stein. Meine Mutter küsste mich vor grünem Dickicht. Polja lief durch Birken im Wind, küsste mich, Tatjana stand angeleuchtet vor einer schwarzen Glaswand, küsste mich. Biss mich. Ich wachte auf. Von draußen kam stinkender Rauch in die Höhle, wahrscheinlich verbrannte in der Nähe ein Tier. Ich ging tiefer in die Höhle hinein. Über die pelzig schimmernden Wände liefen Bewegungen. Die Fledermäuse reagierten auf mich. Ich bog um eine Ecke und sah plötzlich einige schwach leuchtende Stellen an einer Wand. Ich trat näher heran und sah, dass das eine Nachricht gewesen sein musste, denn ich erkannte einige wenige kyrillische Buchstaben. Doch kein Wort war erkennbar, es gab zu viele Lücken, die Buchstaben waren unvollständig. Der Text musste vor Jahren mit einem fluoreszierenden Material, vielleicht einer Flechtenart oder zu Pulver zerriebenem Gestein, geschrieben worden sein. Ich rieb über eine leuchtende Stelle und sie verschwand. Ich erschrak. Noch ein Buchstabe war verloren und ich hatte die Möglichkeit zu verstehen verringert. Nun leuchteten meine Fingerkuppen ganz leicht. Im Dunkeln sahen sie aus wie ein Sternbild. Noch einmal versuchte ich, eine Botschaft zu entziffern und ich sah nun, dass in einem der letzten Worte immerhin zwei Buchstaben zu erkennen waren: ‚o' und ‚m'. Reste von Leuchtspuren zeigten mir die wahrscheinliche Länge des Wortes an, so dass ich es als ‚pomnite' deutete: Erinnert euch. Sicher hatten das die Zwangsarbeiterinnen geschrieben. Ich suchte nach weiteren Spuren, doch es wurde immer dunkler, draußen hatte die Abenddämmerung begonnen. Die Fledermäuse wurden unruhig, starteten die Jagd, schossen an meinem Kopf vorbei. Ich strich mit den Händen über den Stein, tastete, überall schienen nun Fledermäuse zu sein. Ich musste aufgeben und ging hinaus. Ich würde nicht herausfinden, ob meine Mutter hier gewesen war. Doch es fühlte sich so an.

Als ich auf das Sims vor der Höhle trat, drückte mich plötzlich die Erkenntnis nieder, dass meine Mutter gestorben sein musste. Wenn sie noch lebte, war mir plötzlich - und seltsamerweise erst jetzt - klar, hätte sie mich gefunden. In all den Jahren wäre es ihr sicher gelungen, mir eine Nachricht zu schicken.

Einige Kilometer entfernt sah ich im Tal den flackernden Lichtschein eines großen Feuers und beschloss, darauf zuzugehen. Wenn ich überhaupt noch etwas über das Schicksal meiner Mutter erfahren wollte, musste ich denjenigen aufsuchen, der an all dem schuld war. Swerdkov, der sie festgesetzt, gefangen gehalten, versklavt und - vielleicht - getötet hatte. Der Mann, den ich hasste. Dort unten im Tal sollte er wohnen, dort, wo die Terrakotta-Armee ausgegraben worden war.

Der Abstieg ins Tal ging zügig, weil mir die schmerzhaften Stürze und das Rutschen über Geröll egal waren. Es gefiel mir sogar, denn die Schmerzen zeigten mir, dass ich noch lebendig war, und lenkten mich von meinen Gedanken ab.

Schon von weitem roch ich das Feuer. Es stank nach verbranntem Haar, es stank nach verbranntem Fleisch. Ich ahnte, was mich erwartete. Als ich nach einigen Stunden das unbeaufsichtigte Feuer mit dem Wind umging, sah ich den riesigen, prasselnden Scheiterhaufen, dessen stinkende Riesenrauchwolke den Sternenhimmel verdunkelte. Es war ein Berg brennender Menschen, deren Fleisch, aus dem Knochen ragten, wegschmolz, deren Gedärme platzten. Mir wurde schlecht, ich wandte den Blick ab und sah Patronenhülsen auf dem Sandboden, Blut, Schleifspuren. Hier hatte man die Opfer erschossen. Ich lief weiter, folgte den Reifenspuren. Niemand begegnete mir. Vielleicht hatte man das Feuer großräumig abgesperrt. Oder niemand interessierte sich dafür. Oder alle im Umkreis waren tot.

Im Verlauf der nächsten Stunden stieß ich weder auf Wachen noch Barrikaden.

Es war sicher weit nach Mitternacht, als ich den Palast in der Ferne leuchten sah. Er stellte sich als ein alter Palazzo heraus, so wie sie mir mein Onkel in seinem Venedig-Buch gezeigt hatte. Der große rosafarbene Bau war sicher ein Original, das hier wiederaufgebaut worden war. Ich vermied, näher heranzugehen, denn ohne Zweifel waren Überwachungskameras installiert. Dort würde ich nicht unbemerkt hineinkommen. Stattdessen beschloss ich, die Terrakotta-Armee zu suchen. Dima hatte mir gesagt, dass die Skelette von einer halben Million Arbeitern hier im Boden lagen und dass der Bau der Grabanlage insgesamt zwei Millionen Menschen das Leben gekostet hatte.

Ich fand den Ausgrabungsbereich, indem ich auf einen starken gelben Lichtschein zuging und schließlich eine von grellen Sodium-Scheinwerfern beleuchtete Division fand. Ich hatte gehört, dass Swerdkov alle 8000 Statuen hatte ausgraben lassen. Teilweise waren die Gräben überdacht, aber er bevorzugte scheinbar, die Statuen unter freiem Himmel stehen zu lassen. Von weitem sah ich die Soldaten aus Lehm wie wohlerzogene Golems in Reih und Glied stehen. Tatjana hatte gesagt, es heiße, der Herrscher komme fast jeden Tag hierher, um durch dieses Mahnmal für die Vergänglichkeit der Macht zu schreiten. Er gerate dadurch angeblich, so hatte sie gesagt, in einen Gemütszustand, in dem er die besten Entscheidungen treffen könne. Gelänge es mir, dachte ich, mich unter die Soldaten zu stellen, konnte es zu einer Begegnung kommen. Und falls Swerdkov in diesem von Menschen geräumten Gebiet ohne Leibwache auftauchte, würde ich ihn sogar stellen können.

Nun erst bemerkte ich aber, dass ein Wächter patrouillierte. Schnell zog ich mich völlig aus dem Lichtschein der Laternen zurück und verbarg mich hinter einer Hütte – der einzigen weit und breit. Als der Wachmann wieder außer Sichtweite war, näherte ich mich dem Rand der Grube. Mit kleinen Steinwürfen prüfte ich, ob es Selbstschussanlagen gab. Nichts passierte. Swerdkov musste sich sehr sicher fühlen. Ich ging auf einem der hohen Erdwälle entlang, dann ließ ich mich an einer der Wände in die mehr als drei Meter tiefe Aushebung hinunter. Erdige Luft umgab mich. Es war warm, denn die Anlage strahlte die Wärme des Tages ab. Überrascht stellte ich fest, dass die Soldaten mich überragten, sie mussten zwei Meter groß sein. Sie standen in Vierer-Reihen. Von den Laternen am Rand der Grube fielen große Insekten, vor allem Käfer, die sich an den Laternen verbrannt hatten, vor die Füße der Statuen und zappelten. Ich bewegte mich langsam durch die Reihen. Was mochte Swerdkov daran finden? Für mich zeigte das Ganze vor allem die völlige Überschätzung der eigenen Person und Macht. Die Tausenden von starren Gesichtern schienen mir nichts weiter als der vergebliche Schrei nach Ewigkeit, also ein

Zeichen von Schwäche. Konnte es sein, dass Swerdkov die Millionen von Toten, die er auf dem Gewissen hatte, vielleicht wie der chinesische Kaiser vor mehr als zweitausend Jahren - sei sein Name vergessen! – , als seine Grabbeigabe sah, einen verfaulenden, immer weiter anwachsenden Berg von Toten, die er alle in Massengräber geschickt hatte und noch schickte, bevor er starb, und deren Skelette noch Jahrhunderte später Zeugnis von seiner Größe ablegen würden?

Während ich weiter durch die Reihen schritt, wurde mir klar, dass ich im Grunde ja wollte, dass er mich sah, und dass es zur Begegnung kam. Jetzt erst bemerkte ich, dass die Gesichter der Soldaten alle verschieden waren. Das war unheimlich. Mir fiel ein trauriges Gesicht auf, und müde setzte ich mich auf die alten Platten dahinter. Ich beschloss, erst einmal hier zu übernachten. Ich musste schlafen. Vielleicht kam Swerdkov ja auf seinem Morgenspaziergang hier in der Nähe vorbei. Ich schaute hinauf in den Wüstenhimmel.

Im Verlauf der Nacht schreckte ich immer wieder auf, denn die Lehmfiguren knackten immer wieder, vielleicht weil sie sich in der Kälte zusammenzogen, und es schien mir, als bewegten sie sich. Der Traurige, dachte ich, musste von einem sehr mutigen und sehr unzufriedenen Handwerker gestaltet worden sein. Zehntausende von Zwangsarbeitern waren für das Formen und Brennen der Figuren zuständig gewesen. Und dieser Handwerker hatte es gewagt, seinen Widerwillen und seine unglückliche Lage in die Züge einer Figur oder vielleicht mehrerer Figuren hineinzulegen. Erstaunlich, dass dieser anklagende Soldat nicht zerstört worden war. Ich saß in meinem Graben und fand keine Ruhe. Was tat ich hier? Warum bekämpfte ich den Mörder nicht mit meiner Musik? Hatte ich immer noch nicht ganz die Idee aufgegeben, meine Mutter zu finden? Die nach Grab riechende Luft, der Gedanke, unter der Erde zu sein, eine Beigabe für das Grabmal eines Massenmörders, das metallische Grau der Figuren – das alles setzte mir zu. Und die Wut auf diesen Mann, der Hunderttausende von Menschen getötet hatte, darunter meine Mutter, meinen Vater, meinen Onkel, hielt mich – bis auf kurze Alpträume - wach. Außerdem dachte ich über die Episode mit Tatjana nach. Ich war leicht verführbar, das wusste ich nun sehr genau. Ein schwacher Charakter. ‚Jeder kämpft mit seinen Dämonen', hatte der Onkel mehr als einmal gesagt. Jetzt war ich bereit zu kämpfen und ich freute mich darauf. Eine Maus nagte an etwas, ein weicher Flügelschlag, ein Schrei, Stille. Ich versuchte, an Polja zu denken, aber es gelang mir nicht recht. Ich hatte die Verbindung zerrissen. Führte ein Weg zurück? Eine Grille zirpte, ich lauschte ihr und schlief dabei ein.

Das Geräusch von Schritten weckte mich. Alles um mich herum war vom Rot der Morgensonne übergossen. Mit schmerzenden Gliedern richtete ich mich langsam auf und sah dem Traurigen vorsichtig über die Schulter. Ein alter, hochgewachsener Mann kletterte auf einer Swimmingpoolleiter herab in die Aushebung. Er benutzte einen eleganten schwarzen Stock, während er die Reihen der Soldaten abschritt. Jetzt näherte er sich mir geradezu zielstrebig. Ich duckte mich. Er aber war wohl auf das Gesicht des Traurigen fixiert. Mit seinem Stock schlug er der Statue ins Gesicht. Immer wieder hieb er auf den Kopf der Figur ein, so dass die Trümmer auf mich herabfielen. Erst als er aufhörte, - nur noch der Halsstumpf war von der Statue übriggeblieben -, stand ich langsam auf. Sofort schlug er nach mir, doch ich hielt seinen Stock fest und zog ihn aus seiner schwachen Hand. Er atmete keuchend, war offenbar erschöpft. Ich schaute ihm ins Gesicht und mir fielen seine kornblumenblauen Augen auf.

„Ich habe dich erwartet", stieß er schließlich hervor. Ich wunderte mich, dass er mich duzte. Nach einer Pause fragte er: „Was siehst du mich so an?"

„Sie sehen wie ein netter älterer Herr aus."

Er lächelte und ich sah seine perfekten Zähne. „Du siehst Irina sehr ähnlich."

Es traf mich, dass er den Namen meiner Mutter nannte. „Was haben Sie mit ihr gemacht?"

„Aber obwohl du es bis hierher geschafft hast, scheint dir die Klarheit und Unbeugsamkeit deiner Mutter zu fehlen."

„Was haben Sie mit ihr gemacht?" Ich wollte ihm seinen eigenen Stock ins Gesicht schlagen.

„Zeigt euch!", rief er, und zwei Wachen erschienen auf dem Wall, die Maschinenpistolen auf mich gerichtet.

„Ich musste sie erschießen lassen", sagte er wie nebenbei.

Ich begann zu zittern, in meinem Kopf tönte ein Heulen.

Er musterte mich neugierig.

„Du weißt doch längst, dass sie tot ist. Hast dir etwas vorgemacht ..."

„Sie sind ein Massenmörder!", schrie ich.

„Aber ich töte doch, um die Menschheit zu retten."

„Das haben sie alle gesagt. Ich ..."

„Schsch!" zischte er, zeigte auf mich und die Bewaffneten sprangen in die Grube. Sie packten mich, schoben mich zur Leiter, zerrten mich hinauf, schleiften mich zum Haus. „Setzt ihn auf die Bank", rief Swerdkov.

Als er zu uns trat, stellte ihm einer der Wächter einen Stuhl hin, auf dem sich Swerdkov erschöpft niederließ. Wir saßen im Schatten unter dem von Steinfiguren gestützten Eingangsportal. Ich musste die Augen zusammenkneifen, wenn ich ihn ansah, das grelle Licht der Wüstenlandschaft hinter ihm blendete mich.

„Deine Bemühungen gegen mich ...", begann er, „kenne ich ja sehr genau, doch du wirst staunen, was ich alles gegen dich unternommen habe." Er schmunzelte.

„Weil ich - in gewisser Weise zumindest - deine Familie respektiere, will ich aber auch versuchen, dir mein

Handeln ein wenig zu erklären. Sicher hast du dich gefragt, was mich hierhergeführt hat."

Ich war enttäuscht, dass er über seine Ortswahl schwadronieren wollte, denn ich hatte gedacht, er wolle sein Morden rechtfertigen.

„Ich glaube an nichts. Weder an ein Leben nach dem Tod – dann müsste ich mich ja vor der Strafe im Jenseits fürchten und könnte nicht wie bisher weiter über Leichen gehen." Er lachte freudlos. „Gott!", stieß er verächtlich hervor. „Wie könnte ich an Gott glauben? Ein Gott, der jemanden wie mich zulässt, hat keine Kraft. Auf so einen Gott kann ich verzichten." Er musterte mich.

„'Und die Liebe?' wirst du vielleicht fragen." Abfällig stieß er Luft durch die Nase. „Aber ich bin abgeschweift. Als alter Mann denke ich viel an den Tod. Und an meine Macht. Und diese Armee aus Lehm hier – wofür steht sie denn anderes als gleichzeitig für Tod und Macht. 700000 Menschen haben an diesem Bau unter grausamsten Bedingungen gearbeitet. Zehntausende sind hier getötet worden, Hunderttausende frühzeitig gestorben. Insgesamt haben dreißig Millionen Chinesen wegen des Baus hier gehungert. Dieses Grabmal zeigt die Sinnlosigkeit allen Strebens nach Macht über den Tod hinaus. Wie bei den Pyramiden kamen die Grabräuber und irgendwann die Touristen. Den Begrabenen selbst vergaß man oder man verachtete ihn wegen seines Größenwahns. Aber dennoch oder gerade dadurch geht von diesem auf Unrecht basierenden Projekt eine Anziehung auf den Menschen aus. Der

Mensch will überwältigt werden. Was wäre ein besserer Ort als diese Grabstätte, um über Macht und Tod nachzudenken? Hier kann ich sogar, wenn mir, wie heute, danach ist, die Geschichte ein wenig korrigieren, indem ich Widerständlern, wie dem, hinter dem du dich versteckt hattest, den Kopf eigenhändig zerschlage. Ein befriedigendes Gefühl."

„Sie haben einfach Angst vor dem Tod."

„Siehst du das in mir? Erstaunlich. Begabt wie die Mutter …"

Ich versuchte, ihn in einem Sprung zu erreichen, doch die Wächter drückten mich auf die Bank zurück.

„Angst … aber ja", fuhr er fort, „vor jemandem, der bald sterben wird wie du, kann ich es zugeben. Die Angst vor dem Tod, ja, sie quält mich manchmal. Oft fällt mir dann nichts anderes ein, als an meiner Stelle andere, viele andere in den Tod zu schicken. Das hilft. Und warum sollten andere ein glückliches Leben führen, während ich nur Düsteres denke? Dann lieber Düsteres tun!" Er sah mich triumphierend an.

„Das ist furchtbar und platt zugleich."

Er ging nicht darauf ein. „Manchmal, das gebe ich zu, sehne ich mich nach menschlicher Wärme und nach einer besseren Welt. Aber es ist zu spät. Wenn man einmal eine Grenze wie ich überschritten hat, gibt es kein Zurück. All die Leichen! Tausendmal mehr als diese Soldaten hier. Es gibt keine Erlösung für mich. Ich handle zwar, um den Fortbestand der Menschheit zu ermöglichen, aber …"

Er musterte mich. „Diese Ähnlichkeit … - Ich gebe zu, dass mich nur noch stärkste Reize berühren. Jemanden sterben zu sehen gehört dazu, Extreme … In dieser Hinsicht sind mir meine Verbündeten, die Chinesen, ein Vorbild. Denk an deren Festmahltradition, einem unter der gedeckten Tafel gefesselten und geknebelten Affen durch ein Loch in der Tischplatte bei lebendigem Leib das Hirn durch die aufgesägte Schädeldecke auszulöffeln. – Ich sehe den Abscheu in deinem Gesicht. Genug geplaudert. Du weißt all das ja intuitiv schon, so schätze ich dich ein." Er schien nachzudenken. „Und genau das macht besondere Maßnahmen nötig. – Führt ihn weg!"

Die Wachen brachten mich zu einem Seiteneingang, stießen mich eine Treppe hinunter und weiter in einen Raum mit glattem Kunststoffboden. Dort befahlen sie mir, mich auszuziehen und sprühten mich dann mit Wasser ab. In den ersten Augenblicken genoss ich den kalten Strahl. Doch die Wachen taten mir weh, indem sie auf mein Geschlecht, mein Gesicht, meine Ohren zielten. Sie erledigten dies mechanisch, als ihnen aufgetragene Arbeit. Endlich stellten sie das Wasser ab und warfen mir ein Handtuch zu. Zitternd und außer Atem trocknete ich mich ab. Sie gaben mir ein paar Kleidungsstücke, doch bevor ich sie anziehen konnte, hielten sie mich fest und schossen mir mit einer Druckluftpistole etwas in die Schulter. Anschließend führten sie mich in eine fensterlose Zelle, deren Wände mit einer Art dichtem Fell schallisoliert war. Jeder Laut war gedämpft, die Schritte der Wachen waren nicht zu hören, ich hörte mein Herz überlaut klopfen, meine Atemzüge klangen plötzlich wie ein schweres Keuchen. Hier wurde gefoltert. Die Schreie der Opfer waren oben im Palazzo sicher nicht zu hören. Ich war erleichtert, dass die Wachen erst einmal fortgingen. Einen Stuhl gab es nicht und ich setzte mich auf den Boden. Lautlos flog eine Fliege umher und ließ sich immer wieder auf dem abwaschbaren Boden nieder. Dieser fiel zur Mitte des Raums hin ab und war dort mit einem vergitterten Abfluss versehen. Nun setzte sich die Fliege auf meinen Arm und ich sah, wie sie sich mit ihren Beinchen putzte. Ihre Vorderbeine rieben über ihren Kopf. Ich hatte kein Bedürfnis nach ihr zu schlagen, sondern freute mich an ihrer Lebendigkeit. Ich dachte an eine Geschichte, die mir der Onkel einmal vorgelesen hatte, in der eine Fliege auf einem Stück Fliegenpapier festklebte und deren langsames Sterben ganz genau beschrieben wurde, bis ihr pochendes Herz langsam aufhörte zu schlagen. Sie tat mir furchtbar leid. Und der Onkel hatte am Ende sogar geweint, was mich sehr erschrocken hatte. Es war gut, dass es diese Fliege hier drin gab, und interessant, ihre Entscheidungen, wohin und wie sie flog, zu beobachten.

Irgendwann stellte man mir einen Napf hin. Darin war ein Brei, von dem ich gierig aß. Ich merkte, dass der Brei nach Chemie schmeckte, aß ihn aber trotzdem. Mir fehlt die Erinnerung, eingeschlafen zu sein.

Als ich aufwachte, lag ich auf einer Pritsche in einem anderen Raum und der alte Mann sah milde lächelnd auf mich herab.

„Wir haben dir einen Slot gelegt."

Ich betastete meinen Kopf, konnte aber nichts Ungewöhnliches fühlen.

„Neueste Serie. Künstlicher Hautverschluss, über Goldtooth verbindbar. Beim Switch bleiben rudimentäre Erinnerungen präsent, so dass die wichtigsten Personen aus dem Umfeld erkannt werden, auch das limbische System bleibt unangetastet, damit man sich nicht völlig verliert." Er reichte mir seine kalte knochige Hand, um mir beim Aufstehen zu helfen. „Du siehst etwas unglücklich aus. Lass uns im Park spazieren gehen. Die frische Luft wird dir guttun."

Kurz darauf traten wir durch einen schlauchartigen Gang und eine Schleuse in eine gigantische Kuppel, deren transparente Wand sich so weit ausdehnte, dass man sie nicht mehr wahrnahm. Wir gingen durch ein Tor aus zwei lebensgroßen Jade-Elefantenfiguren in einen Park, der mit mächtigen alten Bäumen bestanden war. Wunderbar erfrischende Sommerluft, leicht kühl und prickelnd, wehte uns entgegen. Der Himmel war tiefblau, schneeweiße Wolken zogen hoch oben vorbei, langsam ihre Form wechselnd. Wie gern hätte ich mich ins Gras gelegt und sie einfach nur in Ruhe beobachtet! Blätterrauschen, Vogelstimmen, der Geruch nach Gras und Blättern. Wir schritten eine Allee entlang und der Duft der blühenden Bäume weckte unbestimmte Erinnerungen an glückliche Zeiten und Sehnsucht in mir. Swerdkov ging über eine Wiese zu einem Strauch, an dem nur noch wenige weiße Blüten hingen. Er zog einen Zweig zu sich und roch an einer Blüte. „Jasmin. Leider fast verblüht. Der Duft - wie der von Rose oder Linde - enthält übrigens Geruchsmoleküle von Kot. Das verleiht ihm die Tiefe. Genauso ist es mit dem Leben. Erst das Abstoßende, der Verfall, der Tod geben ihm Tiefe. - Im richtigen Verhältnis natürlich." Er sah mich spöttisch an. „Ich weiß, dass du denkst, ich hätte das richtige Verhältnis verfehlt." Er setzte sich auf eine Bank und wies auf die Landschaft. „Schön, nicht? Und größer als einst der Richmond Park in London, wenn dir das etwas sagt."

Es sagte mir nichts.

„Hat viel gekostet, ist es aber wert. Nur fehlt mir manchmal der Anblick anderer Parkbesucher. Ich könnte ja Gefangene ausstaffieren ..." Er lachte sein freudloses Lachen. „Wir befinden uns unter einer Glasglocke, ich denke immer an die Schneekugel in ,Citizen Kane', die dem Sterbenden aus der Hand fällt. Vielleicht hat dir dein Onkel von dem Film erzählt. Die Hülle filtert die Strahlung, der Himmel wird projiziert und ist verdunkelbar, die Wolken künstlich hergestellt, ich kann es regnen oder schneien lassen, Nebel und Tau erzeugen, alles genau nach meinen Vorstellungen oder per Zufallsgenerator. Was du gerade einatmest, ist ...", er zog ein kleines Gerät aus seiner Hemdtasche und las vor, „English Summer mit 30% Original-Alpen-Bergluft. – Ein Moment ... ich kann genau sagen, aus welcher Gegend die Luft kommt ... ach hier, Lake District und Dobbiaco ... angenehm, nicht?" Der alte Mann erhob sich. „Warum rede ich nur so viel? Das muss das Alter sein. Hier entlang."

Wir folgten einem Weg, der sich verzweigte. Swerdkov blieb vor der Gabelung stehen. „Beide Abzweigungen führen zu Punkten, die man ,katalytisch' nennen könnte, weil sie dich verwandeln werden. Links oder rechts? Entweder - Oder. Kierkegaard. Egal, wie du entscheidest – beides ist falsch." Er meckerte sein Lachen und ließ mir keine Wahl, sondern nahm die rechte Abzweigung. „Dieser Zweig, dieses Zweiglein, wird dich zu einem Vöglein führen."

War er verrückt geworden?

Der Weg führte in eine weitere Lindenallee. Im flimmernden Schatten, der wie das Glitzern eines fernen Feuerwerks war, Schatten und Licht sprangen umeinander, kam uns eine Gestalt entgegen.

„Das ist wie in diesen uralten Fernsehshows", freute sich Swerdkov. „Da tauchte auch immer irgendeine Person aus dem Leben der Kandidaten auf."

Ich meinte den Gang zu erkennen, beschwingt, furchtlos, eine Frau ... Als ich sie erkannte, stockte mir der Atem: Es war Tatjana.

Sie schien genauso überrascht zu sein wie ich und umarmte mich. Wie gut tat es mir, mich an sie zu pressen, wie gut tat mir ihre Nähe! Ich fühlte mich wohl. Meine Wange lag an ihrem Hals, ich spürte ihre Wärme, fühlte ihren Puls, sog ihren Duft ein. Ich kämpfte kurz dagegen an, konnte aber nicht anders: Schluchzer begannen mich zu schütteln. Tatjana strich mir beruhigend über den Kopf.

„Was hat er dir angetan?"

„Das interessiert jetzt doch gar nicht", sagte der Alte. „Sag ihm lieber gleich, wer du bist."

Tatjana warf ihm einen bösen Blick zu, dann sah sie mich an. „Ich verstehe, warum du vor mir als Partygirl weggelaufen bist. Aber das war eben nicht mein Ich. Vielleicht könntest du das verstehen, wenn du einen Slot ..."

„Hat er jetzt", unterbrach Swerdkov.

„Das ist gut. Dann können wir ..."

„Das werden wir noch sehen", unterbrach der Alte. „Wie bist du denn hierhergekommen? – Egal, nicht von Belang. Sag es ihm jetzt."

„Ich bin seine Tochter", sagte Tatjana tonlos und ihr Mund war so ausgetrocknet, dass ein Knacksen entstand. Ihre Wangen glühten. So hatte ich sie noch nie gesehen. Sie versuchte zu lächeln, aber das verunglückte.

„Tja, das verschlägt ihm die Sprache. – Hörst du auch, wie es in seinem Gehirn rattert?

„Lass ihn in Ruhe!"

„Genau das werde ich nicht tun. Im Gegenteil. Zuerst werde ich den Hintergrund des Ganzen ein wenig, nennen wir es mal: illuminieren."

Tatjana senkte den Blick. „Wenn du das tust …" Mit ihrer großen Hand packte sie ihren Vater an der Schulter.

„Was unterstehst du dich …", zischte dieser und schlug ihre Hand weg.

Sie wandte sich ab und lief den Weg entlang, bis sie nach einer Biegung hinter Bäumen verschwand.

„Kaum Frustrationstoleranz", sagte Swerdkov knapp. „Ahh, diese Luft!", rief er plötzlich aus. Er schlurfte ein wenig über den Kies in der Richtung, in der seine Tochter weggelaufen war. „Weißt du, im Grunde bin ich des Mordens müde. All die Toten. Es ist fast so, als sei jeder Kieselstein hier auf dem Weg unter meinen Füßen ein Toter, eine Tote, der oder die da liegt, als seien die Blätter, die hier an den Bäumen hängen, Tote, die da baumeln, die mich umgeben, verfolgen und mich ängstigen … Meine Tochter hat mir immer vorgeworfen, den falschen Weg zu gehen. Sie meidet mich, ist heute nur da, weil ich sie erpresst habe. Und meine wechselnden Geliebten ‚kotzen sie an', wie sie es ausdrückt. – Um es kurz zu machen: Ich habe sie auf dich angesetzt. Sie sollte dich sowohl von der Suche nach deinen Eltern ablenken als auch vom Musikmachen abhalten. Dass sie gleich zur Mata Hari wurde, war nicht mein Plan. Viel genutzt hat das Ganze ja nicht …"

Ich fühlte mich schlecht und konnte keinen klaren Gedanken fassen.

„Jedenfalls haben deine Liedchen, das muss ich einräumen, tatsächlich sehr negativ auf die Akzeptanz meiner Politik gewirkt. Destabilisierend. Du hast damit viele Einwohner Ostsibiriens gegen mich aufgehetzt. Sogar meine Verbündeten hier in China möchten mich am liebsten so schnell wie möglich wieder loswerden. Du wirst verstehen, dass das Konsequenzen haben muss ... - aber, aber: Der junge Mann ist ja ganz bleich geworden. Setz dich. Hast ja einiges mitgemacht in den letzten Wochen – woran ich nicht wenig Anteil hatte." Er zeigte ein Lächeln, das spitzbübisch sein sollte und mich schaudern ließ.

Ich setzte mich aber nicht, sondern lief vor ihm auf und ab. Die ganze Episode mit Tatjana war entwertet, alles war nur ein Ablenkungsmanöver gewesen. Und ein Mittel, mich zu überwachen. Vielleicht hatte sie dieser Welt des Sich-Verstellens entkommen wollen und das erklärte ihr Bedürfnis, ihre Persönlichkeit per Slot zu wechseln?

„Denk nicht zuviel über das Ganze nach. Allerdings hätte ich meiner Tochter gern ein paar Fragen zu ihrer Übererfüllung meines Auftrags gegeben, aber genau aus diesem Grund ist sie wahrscheinlich jetzt nicht hier." Er schlurfte auf den Ausgang mit den zwei Elefanten zu und murmelte etwas Abfälliges über seine Geschwätzigkeit.

Ich folgte ihm langsam und überlegte, was ich tun sollte. Sollte ich versuchen, aus dem Park zu fliehen? Oder sollte ich den alten Mann überwältigen, ihn als Geisel nehmen, um meine Freilassung auszuhandeln? Das alles war völlig illusorisch. Sicher hatte er alle Möglichkeiten bedacht. Außerdem wollte ich Tatjana noch einmal sprechen.

„Warum aber hat Tatjana das für Sie getan, wenn sie Ihr Morden verabscheut?", rief ich ihm hinterher.

„Blut ist ein seltsamer Saft", sagte er. „Ich muss es wissen", fügte er lächelnd hinzu.

Er war wirklich zum Kotzen.

„Ich möchte dir etwas anbieten."

„Was?"

„Erkenntnis. Erlösung … nenn es, wie du willst. – Es ist nämlich so, dass du deine Mutter in gewisser Weise doch noch finden kannst."

„Sie haben doch gesagt, Sie hätten sie erschießen lassen!", rief ich.

„Das ist richtig. Doch bevor Irina, Gott hab sie selig …"

Ich packte ihn am Hals und drückte zu. „Heuchler", zischte ich. Da spürte ich zwei tiefe Stiche im Schulterbereich und sofort sackten mir die Arme kraftlos herunter. Ich stand betäubt vor ihm und er schlug mich mit seinem Stock, bis ich zu Boden fiel. Blut lief mir in die Augen, ich sah nichts mehr, hörte nur seine keuchende Stimme.

„Bevor sie starb, konnte ein Image ihrer Gedanken gezogen werden. Sie war eine der ersten. Verstehst du, was das heißt? Ich kann dich in den Kopf deiner Mutter schlüpfen lassen, du wirst ihre Gedankenwelt kennenlernen …"

„Nein, ich will das nicht!"

„Bedenke, welchen Erkenntnisgewinn das für dich bedeutet …"

„Ich will es nicht. – Ich weigere mich, Ihr Versuchskaninchen – und ich will meine Sehnsucht behalten."

Er schnaubte verächtlich und winkte die Wachen herbei. „Schiebt das hier in seinen Slot."

Laute Presslufthämmer, Hitze, Staub, die Luft ist schlecht im Berg, Andrej, ich denk an dich. Du lächelst, du küsst mich, du bist tot. Ich seh auf meine aufgeschürften Hände, die Blutblasen tun weh. Wanja, ich küsse dich auf den Kopf, der Duft deiner Haare, deine weichen Wangen, die munteren Händchen und Füßchen in meinem Gesicht. Ach … Beschütz ihn, Wowa, sei gut zu ihm. Der mir Gewalt antut wird mich gleich töten …

Mit einem Schlag war diese Welt fort. Ich war wieder ich selbst, auf einer Trage festgeschnallt und schrie vor

Wut. Swerdkov saß lächelnd neben mir und beobachtete mich.

„Wie ich es mir dachte", stellte er fest. „Du bist zwar verwirrt, aber das Ich verliert sich nicht völlig, selbst wenn man zur eigenen Mutter wird. – Eine bemerkenswerte Frau, mein letzter ernstzunehmender Gegner." Er sah mich an. „Es hat großen Spaß gemacht, sie zu brechen", sagte er mit einem triumphierenden Lächeln.

Ich zerrte an den Schlaufen, in denen meine Handgelenke steckten.

„Im Grunde das Einzige, was mich wirklich befriedigt. Über das Leben eines Menschen, den man kennt, vollkommen zu bestimmen. Ich habe deinen Eltern und deinem Onkel den Tod gebracht und auch meiner Frau. Dich werde ich erst einmal abschalten." Er nickte jemandem zu, der hinter mir stand. „Für dich geht jetzt das Leben, wie du es bisher kanntest, zuende. Ich werde ein Experiment mit dir durchführen, dich ein wenig demütigen oder sollte ich sagen: bezirzen ..."

Ich hörte ihn reden, aber plötzlich waren es nur noch Laute. Ich konnte ihn nicht mehr verstehen.

Als ich erwachte, lag ich im Schlamm und fühlte mich wohl. Ich roch Eicheln, wühlte im Matsch, fraß, biss einem anderen, der mir in die Quere kam, ins Hinterteil ...

Es wurde dunkel, es wurde hell, ich schlief, ich fraß.

Ich döste wohl gerade, da spürte ich eine Berührung. Mit einem Mal ekelte mich der faulige Geruch des Schlamms. Auch der süßliche Geruch meiner Artgenossen störte mich plötzlich.

Nach einer Weile schaute ich mich um und merkte, dass ich nackt im Morast saß, in einem Gehege.

Am Zaun sah ich Tatjana stehen. „Komm raus", sagte sie.

Ich stand auf, stapfte zum Gatter, kletterte hinüber.

„Pfui! Wie du stinkst. – Unglaublich! Mein Vater wollte dich jahrelang so leben lassen. Geh und wasch dich."

„Wie lange war ich ein Schwein?"

„Nur einen Tag. Zum Glück hat er deinen Stick nicht vernichtet."

„Woher wusstest du, was er vorhat?"

„Ich hab dich abgehört. Erinnerst du dich, dass ich dir, bevor ich wegging, die Hand auf die Schulter gelegt hab?" Sie rümpfte die Nase. „Jetzt wasch dich endlich. Ich hab dir ein paar Klamotten ins Gästeklo gelegt. Beeil dich, wir haben einiges vor."

Ich war gerade in die Hose geschlüpft, als ich in der Nähe Schüsse hörte. Ich lief hinaus und sah Tatjana, die sich am Ende des Gangs über zwei Wachmänner beugte. Sie steckte ihre Pistole hinten in den Hosenbund.

Wir liefen die marmorne Freitreppe hinauf und Tatjana versuchte, eine große Flügeltür zu öffnen. Als dies nicht ging, zerschoss sie das Schloss und trat die Tür auf.

Swerdkov saß an einem großen Schreibtisch und sah seine Tochter kalt an. Mich beachtete er gar nicht. „Was erlaubst du dir?"

„Du hast Mutter ermordet!"

„Wer sagt das? Sie ist verunglückt."

„Du selbst hast es zugegeben. Ich habe das Gespräch zwischen dir und Wanja gehört."

„Sie war nicht loyal."

„Und du …, du warst einmal mein Idol. Als ich ein Kind war. Doch ich erinnere mich, dass es mich schon damals wütend und traurig machte, wie du mit Mutter sprachst. Jetzt aber seh ich dich erst, wie du wirklich bist. Es wird mir nicht schwerfallen, dich zu erschießen."

Swerdkov sah sie verächtlich an. „Ich wusste immer, dass du dich verstellst. Hätte dich längst schon beiseiteschaffen sollen." Seine Lider senkten und hoben sich auffällig langsam. „Kroppzeug."

„Hast du Gift genommen?"

Er lächelte matt. „Natürlich. Meinst du, ich lasse mich von meiner Tochter gefangensetzen und mir vor aller Welt ..."

Swerdkov war auf seinem Stuhl zusammengesackt. Tatjana stürzte zu ihm hin. Er war ohne Bewusstsein.

Als wir ihn auf den Parkettboden legten, war er bereits tot.

Tatjanas Miene war versteinert.

Sie weckte mich mit einem Kuss auf die Stirn. Wir lagen im Kuppelpark am Rand eines riesigen Weizenfelds. Insekten sirrten, die Halme wogten und rauschten in einer leichten Brise. Über uns leuchtete der blaue Himmel. Schwalben schossen durch die laue Luft. Ich musste daran denken, dass draußen, außerhalb der Kuppel, die Sonne die leere Landschaft auf 60 Grad erhitzte.

„Morgen wird er auf dem alten chinesischen Totenacker hier begraben", sagte sie.

Eine Brise wehte. Sie roch nach Meer und Pinien. Tatjana hatte eine Mischung gewählt, die nicht so recht zur Landschaft passte.

„Wir fliegen noch heute nach Chabarowsk. Ich werde ihm den Prozess machen, obwohl er tot ist. Die Welt muss erfahren, welche Verbrechen er begangen hat."

Leuchtendweiße Wolken zogen über uns entlang. Mal erkannte ich ein Gesicht, das sich recht schnell in ein anderes verwandelte, mal ein Tier.

„Du machst mich nervös", sagte sie plötzlich. „Warum bist du so still?" Sie musterte mich von der Seite und lachte. „Keine Sorge. Ich lass dich in Ruhe. Dieses Träumerische geht mir auf den Keks."

„Unsere beiden Familien sind tot", sagte ich. Ich dachte an meinen Onkel, Gitarre spielend und mit Papirossy im Mundwinkel, an seine Witze, an meine tanzenden Eltern, die mich in den Arm nahmen, die Hand meiner Mutter auf meiner Wange, die Hand meines Vaters, die mir über meinen Kopf strich. Das alles hatte Tatjana nicht gehabt. Ich dachte an Polja. „Ich muss in den Norden zurück."

Sie legte ihren langen Arm um mich. „Erstmal Chabarowsk. Gibt viel zu tun. Gleich müsste dein Dima hier eintreffen. Spielt auf dem Flug doch einen neuen Song ein."

„Warum hast du mit mir geschlafen?"

„Ich musste meinen Vater im Glauben lassen, ich sei auf seiner Seite. War ja leichtes Spiel mit dir." Ihr Gesicht schob sich vor den Himmel. Das Weiß ihrer Zähne ersetzte die Wolken, das Blau ihrer Augen den Himmel. Ihre kühlen Lippen berührten meine in einem spielerischen Kuss. „Das Leben ist schön", flüsterte sie in meinen Mund. Ich spürte ihre Verführungskraft und wunderte mich, wie wenig der Tod ihres Vaters sie zu beschäftigen schien. Zugleich dachte ich an einen Traum, den ich in letzter Zeit einige Male geträumt hatte. Ich lebte mit einer Frau zusammen, sprach gerade mit ihr, als mir einfiel, dass ich eigentlich mit Polja zusammenlebte, zu der ich aber vor ein paar Monaten eines Abends einfach nicht zurückgekehrt war und bei der ich mich gar nicht gemeldet hatte. Die Scham durchfuhr mich.

In diesem Moment trat Dima sich räuspernd zu uns. Während Tatjana im Hintergrund Grillengezirp vom Band laufen ließ, erzählte Dima von seinen Abenteuern in Xi'an. Er hatte einen Freund gefunden, Vadim, der eine Art Kiosk führte, in dem er alles anbot, was man brauchte, wirklich alles. Vadim hatte Dima durchgefüttert und beherbergt. Jetzt waren sie ein Paar.

„Macht er auch Musik?", fragte ich.

„Schluss jetzt!", rief Tatjana. „Ab in den Jet."

Wir saßen im hinteren Teil des leise dröhnenden Privatflugzeugs und feierten. Blaue Samtvorhänge waren am Übergang zum vorderen Teil zugezogen. „Reparaturarbeiten", sagte Tatjana, die im Party-Modus war. „Schimpanskoje!", rief sie grinsend, griff sich ein Glas Champagner und spülte damit einen Esslöffel Kaviar hinunter. Sie lächelte mich an. Zwischen ihren blendend weißen Zähnen klebten noch einige der schwarzen Kügelchen. Dima spannte einen Draht von einem leeren Gepäckfach – „Resonanzkörper", lallte er

- zu einem Sitz, zupfte ihn und es klang gut. Sein Freund trommelte auf einem Ausklapptablett den Rhythmus und ich sang ausnahmsweise mal ein fröhliches Lied. Wir tanzten und lagen uns in den Armen.

„Meine erste Amtshandlung!", schrie Tatjana plötzlich, „Chabarowsk trockenlegen!"

„Und die Alkoholiker gleich mit", scherzte Dima.

„Njet", dröhnte Tatjana mit tiefer Stimme. „Da hört der Spaß auf." Und dann begann sie plötzlich, mit rollendem R „I don't wanna go to rrrehab, yeah yeah yeah" zu singen. Das klang auf lustige Art so daneben, dass wir uns alle vor Lachen in den Sitzen wälzten. „Sibirische Version", rief Dima immer wieder.

Irgendwann musste ich aufs Klo, aber das war gerade von der singenden Tatjana besetzt. Da hatte ich die Idee, im vorderen Teil des Flugzeugs ein anderes Klo zu suchen. Ich schlüpfte durch den Samtvorhang, las ТУАЛЕТ rechts an einer Tür und schwankte in ein Luxusklo. Als ich wieder hinaustrat, hörte ich eine Art Maschinenschnaufen. Ich hob den Blick und sah jetzt erst, dass auf der gegenüberliegenden Seite des Raums eine Krankenstation eingerichtet war. In einem Hospitalbett lag eine Gestalt, die über Schläuche und Kabel mit Tropfbehältern und blinkenden Messgeräten verbunden war. Ein dicker Schlauch führte in seinen Mund und eine eiserne Lunge beatmete ihn. Daher kam das Geräusch. Ich trat näher an den Patienten heran und erschrak: Es war Swerdkov! Und er lebte! Wahrscheinlich lag er in einem künstlichen Koma. Jetzt erst erfasste mich der Schock und mit einem Schlag war ich nüchtern. Tatjana hatte gelogen. Ihr Vater war nicht tot. Aber warum hatte sie uns angelogen? Konnte es sein, dass sie ganz andere Pläne hatte als die, von denen sie uns erzählt hatte? Alles nur Gerede von einer menschenfreundlichen Gesellschaft, von einer besseren Welt. Wirre Gedanken schossen durch meinen Kopf, während ich vorsichtig durch den Vorhang lugte. Tatjana stand mit dem Rücken zu mir und breitete eine Decke über Dima und Wadim aus, die nebeneinander eingeschlafen waren. Schwankend beugte sie sich nach vorn und wollte wohl die Lehnen noch tiefer stellen. Das war die Gelegenheit. Gebückt schlich ich mich in den Raum, kauerte mich auf einen der vorderen Sitze am Fenster und stellte mich schlafend. Sie durfte nicht wissen, dass ich im anderen Teil des Flugzeugs gewesen war.

„Wo warst du?"

Ich öffnete langsam die Augen. „Was?" Ich streckte mich etwas. „Muss wohl eingeschlafen sein."

Sie musterte mich misstrauisch.

Mein Herz hämmerte wild. Ich ließ meine Lider sinken, so als schliefe ich wieder ein.

„Ihr könnt alle nicht feiern", hörte ich sie verächtlich murren. Dann fiel eine Decke auf mich, die sie geworfen haben musste. Ich wagte nicht, mich zu bewegen. Kurz darauf hörte ich sie nach vorne gehen. Wahrscheinlich sah sie nach ihrem Vater. Erstarrt unter der Decke liegend, dachte ich fieberhaft nach. Was hatte Tatjana vor? Hing sie doch an ihrem Vater? Wollte sie sein Regime fortsetzen? Jetzt kam sie zurück. Hatte sie Bilder von Überwachungskameras gesichtet? Bilder, auf denen ich zu sehen war. Sie blieb neben mir stehen. Mir brach der Schweiß aus. Aber dann zupfte sie nur meine Decke zurecht. Eine Weile hörte ich sie noch in der Nähe mit einem Schluckauf kämpfen, schließlich musste sie aber eingeschlafen sein.

Ich machte die ganze Nacht kein Auge zu.

Wir landeten in Chabarowsk, während die Sonne aufging. Tatjana schlief noch. Sie trug eine Schlafmaske und schnarchte durch ihr trügerisch niedliches Näschen, an dem noch etwas Kokain zu kleben schien. „Sieht aus wie Holly Golightly in blond", bemerkte Dima hinter mir. Sofort wollte ich ihm von meiner Entdeckung berichten, da aber reckte Tatjana sich und zog die Maske ab.

Ich konnte nichts dagegen tun: Tatjana und ich würden ein Luxus-Penthouse beziehen, während Dima unbedingt in sein Tonstudio zurückwollte. Beim Abschied am Flughafen erzählte er begeistert von seiner neuesten Idee, über einen kalten melancholischen Weltallsound meinen Gesang zu legen, vielleicht über die Schönheit der verlorenen Natur, aber ich konnte ihm nicht so recht folgen, weil ich nur über Tatjanas Verrat nachdachte.

„Ja, neue starke Songs", sagte Tatjana, während sie irgendwelche Pillen schluckte, wahrscheinlich gegen den Kater. „Ich brauch sie zum Sieg über die weißen alten Männer."

Wir verabschiedeten uns und ich sagte Dima, dass ich am nächsten Tag vorbeikommen würde. Dann, dachte ich, würde ich ihm alles erzählen.

Später stand ich am Fenster des Penthouse-Apartments und sah tief unter mir aufs schwarze Wasser, das gegen die Hauswände schwappte. Zu Polja nach Norden – das war alles, was ich wollte. Ich war todmüde. Tatjana aber war schon wieder in Partylaune. Auf einem Tischchen lag ihre Kollektion von Hirnsticks. Auf einem las ich ‚Hubschrauber', auf einem ‚Tatjana'. Sie war also mal wieder eine andere. Ohne so recht zu wissen, warum ich es tat, steckte ich mir den Helikopter-Stick in die Tasche. Jetzt wollte Tatjana mit mir tanzen, doch ich sagte, ich hätte Kopfschmerzen, was sogar stimmte, und zog mich in mein Zimmer zurück. Ich sah mir den Stick an. Würde ich mich völlig verändern, wenn ich ihn benutzte? Würde ich mich an nichts mehr erinnern? Für den Fall, dass ich ihn benutzen sollte, schrieb ich einige wesentlichen Informationen in Stichpunkten auf ein Blatt Papier, als erstes ‚Hubschrauber', dann die Zielkoordinaten und meinen Namen. Bald hörte ich Stimmen, Gläserklirren, dann laute Musik. Offenbar hatte Tatjana Leute eingeladen. Meine Gedanken kreisten in meinem Kopf wie die großen Strudel dunklen Wassers unten zwischen den Hausruinen. Im Wasser drehten sich Plastiktüten, Styroporformen, und Kleidungsstücke umeinander, aber auch aufgeblähte Wasserleichen, ertrunkene Tiere, ölverschmierte lebende Vögel. Knochen verhakten sich auf dem Grund. Tote, überall Tote ...

Ich wachte auf, weil jemand mich sacht auf die Lippen küsste. Es war Tatjana. Sie schmeckte nach Zahnpasta – ganz wie ein braves Mädchen. Jetzt erst fiel mir alles wieder ein und ich stieß sie weg. „Du hast uns belogen. Dein Vater lebt noch", sagte ich in Richtung ihrer Silhouette.

„Es tut mir leid. Ich mache alles wieder gut." Sie beugte sich zu mir und versuchte, mich erneut zu küssen, doch ich wandte mich ab. Da flüsterte sie mir Entschuldigungen in den Nacken, nannte mich bei fantasievollen Kosenamen, ich fühlte ihren warmen Atem, sie berührte mich sanft ... Sie legte sich zu mir, umarmte mich, küsste mich. Willenlos überließ ich mich ihren Liebkosungen, bis mir klarwurde, dass es so nicht ging. Ich löste mich aus ihrer Umarmung und stand auf. „Wir müssen reden."

Sie streckte ihre Hand nach mir aus. „Komm." Sie stand vor mir, drückte mich an sich, biss mir zärtlich in den Oberarm. „Mein verführbarer Genius."

Ich ging auf Abstand. „Wird es einen Prozess geben?"

„Natürlich nicht." Sie sah mich an und lachte. „Du siehst aus wie der Kojote aus Looney Tunes, nachdem er mal wieder unter einem riesigen Canyon-Felsblock hervorkriecht, der ihn gerade plattgemacht hat.

„Und all die Verbrechen?"

„Ach! Immer diese ernsten Themen. Trink doch mal nen Schluck."

„Die Rettung der Menschen."

Mit den Worten „Wie kann man nur so langweilig sein" sprang sie mich plötzlich an und küsste mich. Doch dabei saugte sie mir die Luft weg, unsere Zähne stießen gegeneinander und knirschten, und gleichzeitig begann sie, mich zu würgen.

Mir wurde schwindlig, mit letzter Kraft zog ich ihr die Beine weg, doch sie riss mich mit auf den Boden, versuchte, mich in den Hals zu beißen. Ich stieß ihr meine Stirn ins Gesicht, ihr Ellenbogen streifte mich an der Schläfe, ich taumelte rückwärts. Sie kam auf mich zu, ich musste ihr ausweichen - sie war stärker und besser trainiert – aber ich erinnerte mich an einen Kung Fu Move, den mir mein Onkel beigebracht hatte. Ich lief schräg über die Wand davon wie ein Gekko. Sie aber sprang einfach in meinen Lauf hinein, wir prallten zusammen, einer meiner Zähne splitterte, unsere Körper zertrümmerten einen Nachttisch, sie klemmte meinen Kopf ein und presste mir die Halsschlagader ab. Etwas in ihr schien umgeschaltet zu haben, jetzt wollte sie nur eins: mich töten. Mit ihrer linken Faust schlug sie mir ein paarmal hart ins Gesicht, doch ich schaffte es, mich wegzudrehen und ihre Schläfe mit meinem Ellenbogen zu treffen. Sie ließ mich kurz los, ich krabbelte unter ihr hervor und rannte auf die Brüstung des Balkons zu, fühlte sie direkt hinter mir, sie krallte mir ihre Nägel in meinen Nacken. Im letzten Moment krümmte ich mich zusammen, machte einen Buckel und knallte mit voller Wucht gegen die Betonbrüstung, mein ganzer Körper wurde gestaucht, aber Tatjana schoss über mich hinweg und über die Brüstung hinaus und fiel schreiend ins Leere. Ich hörte unten ihren Körper auf der Wasserfläche aufschlagen, richtete mich auf und schaute hinab: Sie schwamm schon auf den Eingang des Towers zu. Schnell schleppte ich meinen geschundenen Körper aus dem Penthouse hinaus in den Gang, hörte den Aufzug und quälte mich aufs Dach hinauf. Dort sprang ich in einen Helikopter, zog den zerknitterten Zettel aus meiner Tasche, legte ihn vor mich und schob mir den Hirnstick in meinen Slot. Etwas verwundert las ich den Zettel, befolgte aber die Angaben und flog in Richtung der Koordinaten los, ohne zu wissen, was ich eigentlich wollte. Ich war nun ein anderer, der gar nicht wusste, wo er war und warum er so handelte.

In nordwestlicher Richtung flog ich in der Dunkelheit erst in Sichtweite des breiten Bands des Amur, das, von Lichtern beschienen, glänzte und anschließend auf düstere Bergketten zu. Vereinzelte Schneereste glänzten im Scheinwerferlicht auf. Die Handhabung des

Hubschraubers bereitete mir keine Probleme, allerdings wurde es in der Kabine sehr kalt, so dass ich zitterte. Hinter mir ging rot die Sonne auf. Eine Schar Wildgänse wich mir aus, sie waren so nah, dass ich ihre starken Muskeln am Schwingenansatz an- und abschwellen sah, doch hörte ich ihr Rufen nicht. Der Lärm der Rotorblätter war zu groß.

Als ich die Wälder in der Ebene unter mir sah, fühlte ich etwas Unbestimmtes und dachte an eine Krähe, was ich mir nicht erklären konnte. Ich näherte mich dem Ziel. Jetzt kam der schwierigste Teil. Ich schaute auf mein Notizblatt. Dort stand, dass ich die einzelnen Schritte für Manöver wie Landung und Start zu Papier bringen müsse, bevor ich kurz vor Erreichen des Ziels meinen Kopfstick austauschte. Ich stellte den Autopiloten ein und schrieb ein paar Handgriffe auf. Dann sah ich auf die Koordinaten, zog den Stick heraus und schob meinen eigenen hinein. Sofort sackte mir der Hubschrauber weg, aber es gelang mir, den Absturz zu verhindern. Zugleich erkannte ich plötzlich die Gegend wieder. Ich sah die Polizeistation, sie schien unbesetzt zu sein, flog über den Marktplatz, auch dort war niemand zu sehen.

Dann sah ich Poljas Haus und erschrak. Davor hatte sich ein schreiender Mob versammelt. Die Leute warfen mit Steinen. Polja stand auf der Veranda, halbwegs geschützt von einem Pfosten. Hinter ihr stand ihre schimpfende Mutter und stieß sie nach vorn. Die Menge schaute nach oben zum Hubschrauber und hörte auf zu werfen. Ich ging tiefer hinunter, der Wind der Rotorflügel riss einigen Männern die Mützen vom Kopf,

Betrunkene fielen übereinander, viele flüchteten. Ich ließ die Rettungsleiter hinab, sie klatschte gegen die Veranda, Polja griff danach, setzte einen Fuß auf die unterste Sprosse, schon ließ ich den Helikopter hochschrauben und schwenkte seitlich weg, Polja auf der Leiter hinterherschleppend. Schrotkugeln klackerten gegen das Plexiglas der Kabine, dann waren wir außer Reichweite. Polja kletterte die Leiter hinauf, zog sich keuchend in die Kabine hinein, blieb liegen. „Priwjet", begrüßte ich sie. „Priwjet", sagte sie mit schwacher Stimme. Sie zog sich am Gestänge zu meinem Sitz hin, setzte sich auf. Dann küsste sie mich auf die Wange und schrie mir ins Ohr, dass sie mich gleich erkannt hatte. Ich wurde verlegen, dachte an unsere Liebesnacht und meinen Verrat an ihr mit Tatjana. Ich wusste nicht, was ich sagen sollte. Sie hüllte sich in eine Decke und drückte sich an mich, während wir weiter nach Norden flogen.

„Küss mich."

„Ich muss doch fliegen."

„Geht doch nur geradeaus. - Wohin fliegen wir denn?"

Ich sagte, dass ich Tichon suchte, den Ewenken, der mit den Rentieren durch die Tundra zog.

„Wie ist es dir ergangen?", rief sie.

Ich berichtete ihr von Swerdkov und seiner Tochter. „Die suchen mich. Wir müssen landen und zu Fuß weiter."

Sie nickte.

Ich ließ den Hubschrauber ins Heidekraut hinunter-
sinken, wir setzten so hart auf, dass uns die Zähne
aufeinanderschlugen. Ich schaltete den Motor ab und
endlich herrschte Stille. Nun mussten wir nicht mehr
schreien. Wir stiegen aus. Hier blies ein kalter Wind, der
schon nach Herbst roch. Polja strich mit ihrer Hand zart
über meine Wunden im Nacken. „Hat sie das gemacht?"

Ich schilderte ihr den Kampf und Polja gruselte es.

„Hattest du etwas mit ihr?"

„Nein", log ich, obwohl ich doch ein aufrechter Mensch
sein wollte, und fragte, wie es ihr ergangen sei.

„Nicht gut", sagte sie. „Meine Mutter hat von
irgendjemandem gehört, dass du bei mir übernachtet
hast und mich nur noch beschimpft. Die Typen, die du
damals besiegt hast, haben mir immer wieder
aufgelauert, so dass ich nur noch ganz früh morgens aus
dem Haus gegangen bin. Dann wusste ich, dass sie in
irgendeiner stinkenden Bude ihren Rausch ausschliefen.
Aber sie wurden immer schlimmer. Und auch der
Polizist steckte mit ihnen unter einer Decke. Der hat uns
damals verraten. Schließlich hat sich die ganze Wut der
Dorfleute auf mich gerichtet, das Wetter war schlecht,
die Ernte war schlecht, sie gaben mir an allem die
Schuld. Ich sei verhext, hieß es. Meine Mutter glaubte
das auch. Du hast es ja selbst gesehen." Ein paar Tränen
kullerten über ihre Wange. Blinzelnd sah sie mich durch
ihre Tränen an und legte mir die Hand auf die Brust.

Wir nahmen ein paar Decken und die Signalpistole mit und gingen aufs Geratewohl weiter in Richtung Norden. Unterwegs pflückten wir Blaubeeren und lachten über unsere verfärbten Zähne. Schnell wurde es dunkel. Wir fröstelten und beschlossen, ein Nachtlager aufzuschlagen. Ein paar krumme Kiefern boten etwas Deckung.

„Wir müssen Kraut zupfen", sagte Polja.

Bald hatten wir eine Art Heuhaufen gebildet. Als wir erschöpft hineinkrochen, fielen die ersten Schneeflocken. Drinnen schmiegten wir uns aneinander, es wurde warm, im letzten Licht sah ich Poljas glänzende Augen, dann küssten wir uns. Über uns rauschten die Kiefern und eine Krähe krächzte. Wir lagen im Gras, schauten zum Himmel hinauf und deuteten die Wolken.

Kurz darauf merkte ich, dass ich im Schlamm stand und nach etwas wühlte, das gut roch. Aus einem Augenwinkel sah ich zwei Menschen am Zaun stehen, einen alten Mann und eine junge Frau. Sie warf mir kleine Knollen zu, die ich fraß.